AF449357

PAPIER
FRESSERCHEN
MTM-VERLAG
DIE BÜCHER MIT DEM DRACHEN

Impressum:

Besuchen Sie uns im Internet:
www.papierfresserchen.de

Herausgegeben von CAT creativ - www.cat-creativ.at
Lektorat und Gestaltung

im Auftrag von

© 2024 – Papierfresserchens MTM--Verlag
Mühlstraße 10 – 88085 Langenargen
info@papierfresserchen.de
Alle Rechte vorbehalten.
Erstauflage 2024

Coverbild © Elena Schweitzer – Adobe Stock lizenziert.
Backcover: © Karin Endler
Für alle anderen Illustrationen und Bilder liegen die
Copyright-Rechte bei den jeweiligen Autorinnen und Autoren

Druck: KDP Amazon

ISBN: 978-3-99051-233-3 - Taschenbuch
ISBN: 978-3-99051-234-0 - E-Book

Die Sache mit dem Frosch

Martina Meier (Hrsg.)

Inhalt

Die Autorinnen und Autoren

Alice Sluyterman van Langeweyde

Angelika Holderberg

Anja Apostel

Antje Höblich

Beccy Charlatan

Bernd Watzka

Carolin Neumann

Catamilla Bunk

Charlie Hagist

Daniel Sander

Désirée Braun

Dörte Müller

Hartmut Gelhaar

Helmut Blepp

Ingrid Baumgart-Fütterer

Iris Mesko

Janchen Märchendrache

Jasmin Lincke

Jochen Stüsser-Simpson

Juliane Barth

Karin Endler

Luna Day

Manfred Luczinski

Mirja Seim

Monika Link

Pamela Murtas

Renate Irina Eidenhardt-Ach

Sieglinde Seiler

Simon Käßheimer

Simone Lamolla

Stephanie Eckhardt

Sybille Klubkowski

Ulli Krebs

Vanessa Boecking

Volker Liebelt

Wolfgang Rödig

Zora Löw

Hannah – Das verlorene Ich

Erschöpft betrat Hannah ihr Schlafzimmer. Ihre Laune hatte den Nullpunkt erreicht, obwohl heute der Tag ihrer offiziellen Verlobung gewesen war. Sie hätte doch glücklich und zufrieden sein sollen, doch sie fühlte rein gar nichts. Es war eine perfekte Feier gewesen, auf der alles, was Rang und Namen hatte, erschienen war. Dennoch hatte es sich irgendwie falsch und aufgesetzt angefühlt. Die Gäste waren im Grunde Fremde, wahre Freunde gab es da keine. Und Ben? Ihr Verlobter hatte dieses ganze Theater genossen, doch um die Nacht mit ihr zu verbringen, dafür hatte er keine Zeit gehabt. Schließlich gab es Wichtigeres zu tun. Hannah hatte diesen Mann von Anfang an bewundert. Ben sah nicht nur gut aus, sondern war erfolgreich und ehrgeizig. Anfänglich hatte sie ihn für ihren Traumprinzen gehalten, doch obwohl er der perfekte Partner war, liebte sie ihn nicht. Das hatte sie mit der Zeit kapiert. Wenigstens würden sie beide von dieser Ehe profitieren. Da war es letztendlich egal, wenn ihr Leben nichts weiter als ein Trugbild war.

Bei letzterem Gedanken schaute Hannah auf den Spiegel. Mit seinem silbernen verschnörkelten Rahmen schien dieser recht edel und kostbar. Genauso wirkte ihr Spiegelbild, doch schaute man genauer hin, so erschien es doch kalt und seelenlos. Und genau das traf doch auch auf sie zu, oder? Wunderschön und ohne jegliches Empfinden. Ihr Inneres fühlte sich kalt und dunkel an. Vermutlich war ihre Seele zu dem Zeitpunkt abgestumpft, als sie den Entschluss gefasst und sich für den Erfolg und gegen Liebe oder Freundschaft entschieden hatte. Alles hatte seinen Preis.

Freundschaft und Liebe … Nachdenklich betrachtete Hannah den Spiegel. Dieser war heute unerwartet eingetroffen und hatte sie so fasziniert, dass sie ihn gleich aufgehängt hatte. Gewundert hatte sich Hannah über die beiliegende Glückwunschkarte, denn diese stammt von Noah, der einst ihr bester Freund gewesen war. Doch Hannah strebte nach Erfolg, weshalb der Kontakt mit der Zeit verloren gegangen war. Daher hatte Hannah nicht nur das Geschenk überrascht, sondern auch, dass Noah überhaupt von der Verlobung wusste. Noah, der keine große Schönheit war. Noah, der ein Träumer war und von brotloser Kunst lebte. Noah, der sie damals so gut kannte wie kein anderer Mensch. Hannah seufzte und verdrängte diese wirren Gedanken, bevor sie sich ins Bett fallen ließ und die Augen schloss.

Schlagartig war Hannah hellwach, als es laut donnerte. Die junge Frau richtete sich auf und blinzelte in die Finsternis. Nur spärlich erkannte sie die Konturen des Raumes. Gerade als ihr Blick in Richtung des Spiegels fiel, wurde das dunkle Zimmer plötzlich von einem grellen Blitz erhellt. Hannah zuckte erschrocken zusammen, als sie meinte, etwas im Spiegel wahrgenommen zu haben. Einen Moment später lag das Zimmer erneut in absoluter Dunkelheit.

Hatte sie sich das nur eingebildet? Verunsichert richtete sie sich auf und schaltete das Licht ein. Sie ließ ihren Blick durch das Zimmer schweifen, bis sich ihre Aufmerksamkeit auf den Spiegel richtete. Was hatte sie darin gesehen? Sie schaute genauer hin, doch das Einzige, was sie sah, war ihr wunderschönes Spiegelbild. Einen Moment lang betrachtete sie ihr makelloses Gesicht. Dann schaltete sie das Licht aus und wollte sich erneut hinlegen, als sie einen unbehaglichen Luftzug verspürte, der direkt aus dem Spiegel zu strömen schien. Ein weiterer Blitz erhellte das Zimmer, und Hannah erstarrte. Es war nur der Bruchteil einer Sekunde gewesen, doch die junge Frau war sich sicher, dass da etwas aus dem Spiegel gedrungen war. Etwas, das sich zügig in ihre Richtung fortbewegt hatte.

Hannah wollte schreien, doch sie bekam keinen Laut von sich, denn etwas erfasste sie und bohrte sich tief in ihr Innerstes. Nur am Rande konnte Hannah noch wahrnehmen, wie sich diese fremde Macht schließlich von ihr löste und dabei eine abgrundtiefe Leere hinterließ, bevor die junge Frau gänzlich die Besinnung verlor.

Erst am Morgen kam Hannah langsam wieder zu sich. Ihr Kopf dröhnte und ein sonderbares Gefühl quälte sie, während die Erinnerungen an die vergangene Nacht nur bruchstückhaft zurückkehrten. „Was für ein verrückter Traum", dachte sie belustigt. Doch als Hannah in den Spiegel schaute, erstarrte sie augenblicklich. Sie musste wohl immer noch träumen, denn was sie da sah, konnte einfach nicht real sein.

Im ersten Moment blickte sie in die Fratze einer hässlichen Kröte. Gebannt betrachtete Hannah dieses Monster und konnte ihren Blick nicht davon abwenden. Je länger sie jedoch in diese hässliche Fratze starrte, desto mehr wurde ihr bewusst, dass dies tatsächlich sie war. Wie konnte das sein? Wann hatte sie sich in diese Abscheulichkeit verwandelt? In diesem Zustand konnte sie unmöglich das Haus verlassen!

Es dauerte einige Zeit, bis Hannah sich schließlich einigermaßen gefasst hatte und in ihrer Firma anrief, um sich krank zu melden.

Doch ihre Sekretärin reagierte anders als erwartet: „Was erlauben Sie sich eigentlich, sich als Frau Falsa auszugeben?“, donnerte es am anderen Ende der Leitung. „Die Chefin ist bereits eingetroffen, gesund und munter.“

Hannah saß noch lange Zeit an Ort und Stelle, das Telefon noch immer in der Hand. Sie begriff einfach nicht, was hier vor sich ging. Wieso behauptete ihre Sekretärin, sie wäre bei der Arbeit? Wer war an ihrer Stelle dort und wie konnte das sein? Sie fasste allen Mut zusammen, bevor sie einen erneuten Blick in den Spiegel warf.

Verblüfft stellte sie fest, dass das hässliche Spiegelbild verschwunden war und sie nun wie durch ein magisches Fenster direkt in ihre Firma blicken konnte. Prompt entdeckte sie da auch schon ihre Doppelgängerin. Sie sah tatsächlich genauso aus wie sie!

Doch nach einer Weile erkannte Hannah, dass sich diese seltsame Kopie komplett anders als sie verhielt. Hannah war für gewöhnlich eine knallharte Geschäftsfrau, duldete keine Widerreden und entschied stets im Alleingang. Sie hatte gelernt, dass es besser war, die Dinge selbst in die Hand zu nehmen, Abstand zu wahren, nicht auf dumme Ratschläge anderer zu hören und keine Kompromisse einzugehen.

Diese Version ihres Ichs schien allerdings einen komplett anderen Charakter zu haben, das fiel selbst ihr auf. Diese Kopie war nett und zuvorkommend, was auch ihre Mitarbeiter überraschte. Sie waren es nicht gewohnt, freundlich behandelt und beachtet zu werden. Diese Hannah wirkte nahezu herzlich und schien ein offenes Ohr für jeden zu haben. Sie ließ sogar den schüchternen Tom zu Wort kommen, der sich doch tatsächlich als überaus genialer Kopf erwies.

Hannah musste ebenso zugeben, dass auch die Teambesprechung unerwartet gut verlaufen war. Für gewöhnlich hatte sie dabei das

Wort, erläuterte die Fakten und erteilte jedem eine Aufgabe, welche ohne Widerworte zu erledigen war. Unter ihrer Doppelgängerin hatten sich ihre Mitarbeiter zum ersten Mal getraut, ihre Meinung zu äußern, ohne durch ihre Anwesenheit eingeschüchtert zu sein. Sie hatten kritisiert, innovative Ideen präsentiert – und die andere Hannah hatte ihnen interessiert zugehört. Wieso fiel ihr jetzt erst auf, was für unglaubliche Qualitäten in ihren Mitarbeitern steckten? War sie tatsächlich so blind gewesen? War sie wirklich solch ein Monster, wie sie es im Spiegel gesehen hatte?

Mittlerweile war die Magie des Spiegels dazu übergegangen, ihr das Geschehen aus direkter Sichtweise ihrer Doppelgängerin zu offenbaren. Diese hatte sich zum Mittagessen mit ihrem Verlobten Ben getroffen. Hannah hielt die Luft an und fühlte sich machtlos. Es war merkwürdig, Ben aus den Augen des anderen Ichs zu betrachten. Aus dieser Perspektive hatte Hannah plötzlich das unangenehme Gefühl, einen Fremden vor sich zu haben. Wer war Ben überhaupt? Genauso wie sie war er gut aussehend und erfolgreich. Er war reich und die perfekte Partie. Doch ansonsten? Er redete ununterbrochen über belangloses Zeug und ständig ging es dabei nur um ihn. Während Hannah ihn so betrachtete, schien Ben sich plötzlich zu verwandeln. Bis Hannah schließlich einen Frosch vor sich sitzen hatte, der pausenlos quakte. Das war ja nicht auszuhalten! Wie hatte sie dieses hässliche und nervige Etwas nur heiraten wollen?

Als hätte ihr zweites Ich ihre Gedanken erfasst, tat es plötzlich etwas ganz Unerwartetes. Es fiel dem quakenden Ben ins Wort und meinte: „Diese Verlobung ist lächerlich. Wir kennen uns eigentlich gar nicht und lieben tun wir uns erst recht nicht. Es ist wohl besser, wenn wir von nun an getrennte Wege gehen." Mit diesen Worten erhob sich Hannahs Doppelgängerin und verließ das Lokal, wobei sie einen erstmals sprachlosen Ben sitzen ließ.

Eigentlich hätte Hannah entsetzt sein müssen, doch wider Erwarten machte sich ein befreiendes Gefühl in ihr breit. Sie begann zu lachen und konnte sich kaum noch einkriegen. Das andere Ich hatte das ausgesprochen, was Hannah eigentlich dachte – und es fühlte sich tatsächlich gut an.

Plötzlich jedoch wurde Hannah bewusst, dass sie weiterhin vor dem Spiegel saß, während diese Doppelgängerin gerade ihr Leben lebte und dieses dabei gehörig auf den Kopf stellte.

Sie löste ihren Blick vom Spiegel, und als sie abermals hineinschaute, war da erneut dieses hässliche, krötenhafte Spiegelbild. Es war nun allerdings verblasst. „Seltsam", dachte Hannah und beschloss, dass es Zeit war zu handeln. Sie durchsuchte ihre Kontakte und wurde fündig.

Noah meldete sich bereits nach dem ersten Klingeln und fragte sogleich kühl: „Und, gefällt dir, was du siehst?" Dann lachte er kurz auf und meinte: „Diese Kröte musstest du wohl erst einmal schlucken, was?"

„Noah, was soll das? Wieso hast du mir einen verfluchten Spiegel geschenkt?" Hannahs Stimme bebte aufgebracht. „Mein Spiegelbild ist abscheulich und scheint zu verblassen!"

Noah seufzte: „Ich dachte, du solltest dein wahres Ich zu sehen bekommen. Ist es nicht erschreckend, was aus dir geworden ist? Du hast deine Freunde vergessen, behandelst deine Mitmenschen wie Dreck und verlobst dich aus purem Interesse. Die Frau, die einst meine beste Freundin war, ist nicht wiederzuerkennen. Nicht nur dein Leben ist ein perfektes Trugbild, du selbst bist eins. Du hast gesehen, wie es hätte sein können, wenn du dein wahres Ich nicht aufgegeben hättest."

Hannah stöhnte gequält. „Noah, ich habe es verstanden. Was muss ich tun?"

„Du hast zwei Möglichkeiten: Wenn du wirklich an dein bisheriges Leben glaubst, dann zerstöre den Spiegel und stehe zu dem, was aus dir geworden ist. Du kannst dein Leben weiterleben wie bisher, doch dieses hübsche Gesicht wird es nicht mehr geben. Du wirst mit dieser hässlichen Krötenfratze leben müssen, die fortan jeder sehen wird. Oder du überlässt dein Leben deiner Doppelgängerin, während du verblasst und dich schließlich komplett in Luft auflösen wirst."

Nach diesem Gespräch hatte Hannah noch längere Zeit gegrübelt, bis sie zu einem Entschluss gekommen war. Mit Tränen in den Augen stand sie schließlich auf, blickte noch ein letztes Mal auf ihr mittlerweile kaum erkennbares hässliches Spiegelbild und ging zu Bett. Sie wollte kein Monster mehr sein! Ihre Doppelgängerin würde es besser machen. Mit diesem Gedanken schlief sie schließlich ein, ohne das Licht wahrzunehmen, welches plötzlich aus dem Spiegel brach und in sie hineinströmte.

Am nächsten Tag öffnete Hannah verwundert die Augen und schaute verblüfft in den Spiegel. Ein ganz gewöhnliches Spiegelbild starrte ihr entgegen. Sie lebte! Konnte das sein? Noah musste gelogen haben!

Plötzlich spürte Hannah, dass etwas in ihr zurückgekehrt war. Etwas, was vor langer Zeit verloren gegangen war und was nun die innere Kälte und Dunkelheit verdrängt hatte. Eines stand fest: Hannah würde ihr Leben ändern.

Noch am gleichen Tag suchte sie Noah auf, verpasste ihm zunächst eine Ohrfeige, um ihn dann aus einem Impuls heraus zu küssen. Erstaunt musste Hannah feststellen, wie gut es sich anfühlte und wie schön Noah doch war. Sie musste blind gewesen sein! Noah schien von innen zu strahlen und ein neues, unbekanntes Gefühl breitete sich in Hannah aus. Es fühlte sich an wie … Schmetterlinge?

Pamela Murtas *wurde 1975 in Frankfurt-Höchst geboren, lebte jedoch seit ihrem zehnten Lebensjahr in Italien, wo sie an der Deutschen Schule Mailand ihr Abitur absolvierte. Nach drei Jahren Moskauaufenthalt kehrte sie nach Italien zurück, um in Rom professionellen Reitsport zu betreiben. Seit 2007 wohnt sie erneut in Deutschland. Veröffentlicht hat sie bisher den vierteiligen Abenteuerroman „Destini", außerdem weitere Kurzgeschichten und Gedichte in verschiedenen Anthologien.*

Das Vermächtnis des Krötenkönigs

In einem weit entfernten Königreich, eingebettet zwischen sanften Hügeln, dichten Wäldern und lebendigen Flüssen, zeichnete sich eine Epoche des Umbruchs ab. Der alte König, der das Land mit Weisheit und Güte regiert hatte, spürte, dass seine Zeit sich dem Ende zuneigte. In Ermangelung eines direkten Nachfolgers traf er die kluge Entscheidung, dass der nächste König aufgrund seiner Tugenden und seines Charakters, nicht jedoch seiner Abstammung, bestimmt werden sollte.

Er ließ im ganzen Reich verkünden, dass derjenige, der das Herz des legendären Krötenkönigs gewinnen und sein größtes Geheimnis enthüllen könnte, sein Nachfolger werden würde. Dies war eine außergewöhnliche Herausforderung, denn der Krötenkönig, ein Wesen aus den ältesten Legenden des Landes, war von Mysterien und Rätseln umgeben.

Inmitten eines verzauberten Moores, umhüllt von dichtem Nebel und unerklärlichen Lichtern, residierte der Krötenkönig. Man sagte, er beherrsche Natur und Zeit. Viele hatten sich bereits daran versucht, dieses Mysterium zu ergründen, doch niemand kehrte zurück, um davon zu berichten.

Von der Nachricht angezogen, strömten Ritter, Gelehrte, Magier und Abenteurer aus allen Teilen des Königreichs herbei. Jeder war überzeugt, das Rätsel des Krötenkönigs lösen zu können und so den Thron zu besteigen. Aber das war alles andere als einfach. Der Krötenkönig stellte jedem, der ihn suchte, eine Aufgabe, deren Lösung nicht nur Mut und Klugheit, sondern vor allem ein reines Herz verlangte. Viele wurden durch diese Prüfung vertrieben, verfielen der Verzweiflung oder verirrten sich in der Dunkelheit des Moores.

In einem kleinen, abgeschiedenen Dorf wuchs ein Junge namens Alaric auf. Er wurde als Sohn eines einfachen Schmieds und einer Heilerin geboren. Schon früh zeigte Alaric eine tiefe Verbundenheit mit der Natur und ein unstillbares Interesse an den Legenden und

Geschichten, die in den langen Winternächten am Feuer erzählt wurden. Diese Geschichten, reich an Heldenmut und Abenteuern, entfachten in ihm den Wunsch, mehr von der Welt zu sehen und die Wahrheit hinter den Legenden zu entdecken.

Als ihn die Nachricht von der Herausforderung des alten Königs erreichte, sah Alaric darin eine Gelegenheit. Mit dem Segen seiner Eltern und dem Glauben an die Gerechtigkeit seines Vorhabens verließ Alaric das Dorf.

Tief in einem Wald, wo nur vereinzelt Sonnenstrahlen durch das dichte Blätterdach fielen, begegnete er einer Dryade. Diese waldgeborene Schönheit stand weinend vor einem monumentalen, gealterten Baum. Der Baum, ihre Lebensquelle und Heimat, litt unter einem düsteren Fluch, umschlungen von einer dunklen, giftigen Pflanze, die seine Lebenskraft aussaugte.

Die Dryade, deren Existenz untrennbar mit dem Baum verbunden war, offenbarte Alaric, dass dieser mehr als nur ihr Zuhause war. Er war ein uralter Wächter des Waldes, wichtig für das natürliche Gleichgewicht. Alaric, der in jungen Jahren von einem Kräuterkundigen in die Lehre der Heilpflanzen eingeführt worden war, sammelte Einhornwurzel, Drachenzahnmoos und Sternenlichtblüte. Anschließend vermischte er die drei Zutaten in einem Holzmörser, um einen Trank von unvergleichlicher Macht zu brauen. Dabei sang er ein Lied, das vom ewigen Zyklus des Lebens handelte und den Kräutern Stärke und Magie verleihen sollte. Der Trank, den er schließlich braute, schimmerte sanft grün und duftete würzig wie der Wald nach einem Regen.

Als er den Trank über die giftigen Ranken goss, entfaltete sich ein magisches Leuchten und die Pflanze begann sich zurückzuziehen. Sie welkte und löste sich schließlich vollständig auf. Der Baum erholte sich, die Blätter ergrünten und seine Rinde heilte.

„Mein Baum, mein Herz – du hast beides gerettet", sagte die Dryade mit einem warmen Lächeln. „Alaric, ich bin dir so dankbar. Wie kann ich das je wiedergutmachen?"

„Es war mir eine Ehre, helfen zu können", erwiderte Alaric. „Genug Belohnung bietet mir der Anblick des genesenden Baumes."

„Deine Taten zeugen von einem edlen Herzen", sagte die Dryade und überreichte ihm eine Flasche mit schimmernder Flüssigkeit. „Dies ist der Tau meines Baumes, gesammelt bei den ersten Sonnenstrahlen. Er kann verborgene Wahrheiten aufdecken und dir auf deiner Reise nützlich sein."

„Ich werde dieses Geschenk weise nutzen", versprach Alaric.

Auf einem windumtosten Bergpass entdeckte Alaric einen majestätischen Greif, gefangen von skrupellosen Jägern. Der bleiche Schein des Mondlichts tauchte die Landschaft in ein geisterhaftes Silber und verlieh den scharfen Felsen und dem rauen Untergrund ein fast unwirkliches Aussehen. Die Jäger hatten ihr Lager für die Nacht aufgeschlagen. Alaric wartete, bis ihre Gespräche verstummten und nur noch das Knistern der Flammen zu hören war. Dann schlich er sich heran und löste mit geschickten Händen die Ketten, die den Greif fesselten.

„Du bist wieder frei, großer Vogel. Flieg hoch und weit, wie es dir gefällt."

„Deine Tat hat mich tief berührt", sprach der Greif, während er seine mächtigen Flügel ausstreckte. „Zum Zeichen meiner Dankbarkeit schenke ich dir dies." Er reichte Alaric eine seiner glänzenden goldenen Federn. „Nimm sie, Alaric. Sie ist nicht nur ein Symbol der Freiheit, sondern auch ein Versprechen. Wenn du in größter Not bist, rufe mich mit dieser Feder und ich werde dir beistehen."

„Ich danke dir und werde sie in Ehren halten", entgegnete Alaric.

Alaric ging weiter, bis er an einen kristallklaren See gelangte, der im Licht der aufgehenden Sonne funkelte. Die Stille des Ortes wurde jedoch von einem leisen Weinen durchbrochen. Neugierig näherte sich Alaric dem Ufer und sah eine Nixe, die traurig auf einem Felsen saß, das Gesicht in den Händen verborgen. Sie vertraute ihm an, dass sie ihren magischen Kamm verloren habe, der für ihre Rückkehr ins Unterwasserreich unentbehrlich war. Ohne ihn fühlte sie sich hilflos und allein.

Sofort streifte Alaric Stiefel und Mantel ab und glitt in die kühlen Fluten des Sees. Je tiefer er tauchte, desto schwächer wurde das Licht der Oberfläche und Dunkelheit umhüllte ihn. Schließlich entdeckte er den gesuchten Kamm eingeklemmt unter einem Felsvorsprung und zwischen Steinen verborgen. Er zog ihn hervor und kehrte zur Oberfläche zurück. „Hier ist dein Kamm, liebe Nixe", sprach er. „Hoffentlich findest du jetzt wieder Ruhe in deinem Reich."

„Dank deiner Hilfe kann ich zurückkehren. Du hast mehr bewirkt, als du ahnst, mutiger Reisender", entgegnete die Nixe und reichte

Alaric ein hell schimmerndes Juwel. „Mit dieser Perle kannst du unter Wasser atmen, als wärst du an Land. Sie wird dir in schwierigen Zeiten helfen.“

„Das ist ein außergewöhnliches Geschenk. Meinen tiefsten Dank dafür“, sagte Alaric.

Nach dieser Begegnung machte sich Alaric auf den Weg zum verzauberten Moor, dem Reich des Krötenkönigs. Kaum hatte er diese geheimnisvolle und unberührte Wildnis betreten, hüllte dichter Nebel ihn ein. Alaric konnte seine eigene Hand vor dem Gesicht nur erahnen. Jeder Schritt führte ihn tiefer in ein Labyrinth aus Verwirrung und Desorientierung. Die Stille des Moores wurde nur durch das Rauschen von Wasser und dem gelegentlichen Ruf eines Vogels, der irgendwo in der Ferne sein Lied sang, unterbrochen.

In diesem Moment erinnerte sich Alaric an das Geschenk der Dryade: den Tau in der Flasche, gesammelt von den Blättern ihres heiligen Baumes. Alaric zog die Flasche hervor und gab einige Tropfen des Taus auf seine Augenlider. Die kühle Flüssigkeit prickelte auf der Haut und ließ ihn kurz zusammenzucken. Er schloss seine Augen, während der Tau seine Magie entfaltete.

Nach einem tiefen Atemzug öffnete er sie und war verblüfft: Der Nebel hatte sich gelichtet und einen klaren, gut sichtbaren Pfad freigegeben, der sich durch das Moor schlängelte. Die Bäume und Pflanzen um ihn herum waren nun in deutlichen Konturen sichtbar und die Stille des Moores schien weniger erdrückend.

Nachdem er den Pfad hinter sich gelassen hatte, stand Alaric vor einer neuen Aufgabe: ein tiefer See, der seinen Weg blockierte. Unwillkürlich dachte Alaric an das Geschenk der Nixe und zog die Perle aus seinem Beutel, die im gedämpften Licht des Moores in bunten Regenbogenfarben strahlte.

Mit der Perle fest in seiner Hand sprang Alaric ins Gewässer. Kaum war er untergetaucht, umschloss ihn das kalte Wasser. Zu seiner Verwunderung konnte er jedoch frei atmen und sich mit einer Leichtigkeit bewegen, die ihm an Land unbekannt war. Er schwebte durch das Wasser, schlängelte sich zwischen versunkenen Ästen und Steinen hindurch. Die Dunkelheit des Gewässers, die ihm zuvor noch bedrohlich erschienen war, wurde jetzt zu einem ruhigen Weggefährten auf seinem Weg. Als Alaric das gegenüberliegende Ufer erreichte und aus dem Wasser auftauchte, warf er einen letzten Blick zurück auf den dunklen Spiegel des Sees, den er überwunden hatte. Er setzte seine Reise fort, bereit, die weiteren Herausforderungen des Krötenkönigs zu meistern.

Plötzlich durchschnitt ein durchdringender Schrei die Ruhe. Aus dem Nebel tauchten Harpyien auf, mit bösen glitzernden Augen und scharfen Krallen, die im schummrigen Licht bedrohlich funkelten. Mit gellenden Schreien umkreisten sie ihn, jederzeit bereit, anzugreifen. Ihr schauriges Lachen und die heftigen Flügelschläge ließen Alaric erschaudern. Diese Wesen genossen es sichtlich, jeden Eindringling in ihrem Territorium zu jagen und zu attackieren.

In dieser verzweifelten Situation fiel Alaric das Geschenk des Greifs ein. Hastig griff er in seinen Beutel, zog die glänzende goldene Feder hervor und schwang sie in die Höhe. Kaum hatte er dies getan, erfüllte ein mächtiges Gebrüll die Luft. Mit gewaltigen Flügelschlägen stürzte der Greif herab, griff die Harpyien mit unglaublicher Kraft und Schnelligkeit an, verteidigte Alaric und zeigte die tiefe Verbundenheit zwischen ihnen.

Die Kreaturen, nun in Furcht um ihr eigenes Überleben, stießen panische Schreie aus, als sie vor der überwältigenden Präsenz des mächtigen Vogels die Flucht ergriffen. Der Greif nickte Alaric anerkennend zu, bevor er in den Himmel aufstieg und hinter den Wolken verschwand.

Alaric erreichte schließlich das Herz des Moores, wo der Krötenkönig, eine riesige, wenig ansehnliche Kröte mit eindringlichen, tiefgrünen Augen, auf ihn wartete.

Der Krötenkönig verkündete: „Du hast bereits viele Prüfungen bestanden, doch eine letzte Aufgabe steht dir noch bevor. Küss mich und mein Geheimnis wird sich dir offenbaren."

Bei dem Gedanken, eine derart abscheuliche Kreatur zu küssen, empfand Alaric tiefen Widerwillen. Doch erinnerte er sich an die wertvollen Lektionen seiner Abenteuer – über den Mut, die Selbstlosigkeit und das Überwinden von Vorurteilen. Mit geschlossenen Augen neigte er sich vor und berührte die Kröte mit seinen Lippen.

Plötzlich begann die Luft um sie herum zu schimmern, als wäre sie mit feinstem Diamantenstaub durchsetzt, der im schwindenden Licht funkelte. Vor Alarics Augen vollzog sich eine erstaunliche Verwandlung: Der Krötenkönig nahm die Gestalt eines weisen, alten Mannes an, der wahre Krötenkönig, der einst durch einen finsteren

Zauber in eine Kröte verwandelt worden war. Der Mann sprach: „Deine Demut hat sich als die größte Tugend eines Herrschers erwiesen. Wahre Führungskraft erfordert es manchmal, sich den Widrigkeiten zu stellen, um das größere Wohl zu erzielen."

Alaric hatte das Mysterium des Krötenkönigs enthüllt: Wahre Stärke und Weisheit entspringen der Bereitschaft, über eigene Vorbehalte hinauszublicken und in jedem Wesen, egal wie unansehnlich es sein mag, Wert und Bedeutung zu erkennen. Mit dieser Einsicht kehrte er heim und teilte dem alten König die Erlebnisse seiner Reise mit. Tief beeindruckt von Alarics Erkenntnissen und seiner Tapferkeit, setzte der König die Krone auf Alarics Haupt und ernannte ihn zum neuen Herrscher.

Volker Liebelt, *Jahrgang 1966, lebt in dem idyllischen Öhringen, einer Stadt, die seine Inspiration und Heimat gleichermaßen ist. Sein Schreibstil zeichnet sich durch die Fähigkeit aus, lebendige Bilder und Emotionen zu erzeugen, die die Leser tief in die Handlung eintauchen lassen. Die Liebe zur Natur und die Faszination für das Übernatürliche sind wiederkehrende Themen in seinen Geschichten, die oft von märchenhaften Orten und wundersamen Begegnungen geprägt sind.*

Es war einmal
ein Froschkönig …

Ferdinand von Frosch saß auf seinem Thron. Ein schöner Thron war es. Man hatte ihn eigens für seine königliche Froschhoheit anpflanzen lassen. Der Samen des Seerosenblattes war unter enormen Anstrengungen über den Großen Teich geflogen worden und der Reiher, der für den Transport verantwortlich gewesen war, hatte in einem Sturm beinah sein Leben gelassen. Einzig dem Willen der Froschgötter war es zu verdanken, dass Ferdinand heute neben einer perlweißen Blüte Hof hielt. Glücklich stimmte ihn das nicht. Bekümmert ließ er den Blick über die Ufer seines Tümpels wandern, wo sich modriges Schilf dem Regen beugte. Er unterdrückte ein Seufzen. Dass seine grünen Backen sich mit Luft füllten, konnte er jedoch nicht verhindern. Um seinen Frust zu verbergen, versuchte er, ihn in einem Quaken zu tarnen, welches prompt von einem Untertan als Aufforderung verstanden wurde, sein Anliegen vorzubringen.

„Seit einem Mond warte ich bereits auf das Urteil Eurer grünhäutigen Eminenz", nörgelte Konrad Karpfen, längst nicht der nervigste unter den Bewohnern seines Gewässers. „Ich wüsste gern, wann Babette Barsch für ihre Handlungen zur Rechenschaft gezogen wird?"

„He!", tönte es von besagter Frau Barsch, die ihrem Nachnamen stets Ehre machte. „Ist es meine Schuld, dass Sie in die falsche Richtung schwimmen? Blindfisch!"

„Was bilden Sie sich ein?"

Keine Sekunde später lagen sich die beiden in den Schuppen. Während Ferdinand sich zu erinnern versuchte, worum es bei ihrer Auseinandersetzung gegangen war, schaltete sich ein neunmalkluges Molchweibchen ein. „Du hältst dich für einen tollen Hecht, Karpfen. Aber wir wissen alle, dass du durchtrieben bist. Du lässt keine Gelegenheit aus, um dir einen Vorteil zu verschaffen. Ich glaube nicht, dass Babette die Wasserverkehrsordnung missachtet hat. Dafür ist sie zu umsichtig."

„Wer hat dich gefragt, Glupschauge?"

„Wie nennst du mich? Und das in Gegenwart unseres Königs!"

Ferdinand hatte von Fischen in schillernden Farben gehört. Er glaubte, dass diese friedliebender waren. Friedlich war es in seinem Reich nie und das einzig Farbenfrohe schien die Blüte zu seiner Rechten. Wehmütig ließ er eines ihrer zarten Blätter durch seine Schwimmhäute gleiten. Dabei war Weiß nicht einmal eine Farbe. Kein Wunder, dass sein glitschiges Volk stets im Clinch lag. Es gab wenig Schönes, an dem es sich hätte erfreuen können. Wenig, was es sonst hätte tun können. Bereits als Kaulquappe hatte er das stehende Wasser als beengend empfunden, doch damals war er überzeugt gewesen, dass seine Welt eines Tages größer sein würde. Sobald er an die Oberfläche gekommen war, hatte er recht behalten: Die Welt war groß. Nur lag sie außerhalb seines Königreichs ...

„Ich verlange eine Entscheidung!", blubberte Karpfen wütend und unterbrach damit Ferdinands Gedanken.

Verwirrt betrachtete der sein Gegenüber und war sicher, es hätte nicht viel gefehlt und der Fisch hätte sich aufgebläht, wie seine eigenen Wangen es oft taten. Er glaubte, sich zu erinnern, dass Konrad um drei Ecken mit einem Kugelfisch verwandt war. Vermutlich rührte daher in diesem Moment die Ähnlichkeit.

Mit einem tiefen Quaken räusperte er sich und Stille legte sich über den Teich. Hunderte Fischaugen stierten aus dem trüben Nass zu ihm herauf, zu denen sich die Blicke seiner Froschgeschwister sowie die von zahlreichen Libellen und anderen Insekten gesellten. Sogar die Weichtiere schienen zu lauschen, wobei er sich nie sicher war, ob diese überhaupt sehen oder hören konnten, geschweige denn realisierten, was um sie herum geschah. Oft hatte er überlegt, wie es wäre, mit ihnen tauschen zu können. Vor allem in Situationen wie diesen, in denen die Verantwortung schwer auf ihm lastete.

„Es steht Aussage gegen Aussage", hob er an. Eine Sekunde ließ er die Worte in der Luft schweben und das Prasseln des Regens war das einzige Geräusch. Dann seufzte er. „Wir hatten das bereits geklärt. Es ist niemand zu Schaden gekommen. Was willst du überhaupt einklagen, Konrad? Es ist nicht so, als würden wir irgendetwas besitzen. Wir leben alle in diesem See!" Was seine Königsposition überflüssig machte. Bevor er sich noch nutzloser vorkommen konnte, fuhr er fort: „Was erwartest du von mir? Soll ich Babette im Schilf einsperren lassen?"

„Nein! Dort gibt es die besten Leckerbissen!", protestierte der dicke Karpfen.

„Dann schließt Frieden oder geht euch aus dem Weg", entgegnete Ferdinand müde. „Ich habe genug von euren Kindereien."

Konrad öffnete den o-förmigen Mund. „Aber …"

„Genug!", donnerte Ferdinand und war überrascht von der Kraft in seinem eigenen Quaken. Der Regen trommelte heftiger auf den Teich und verursachte Wellen. Niemand wagte zu widersprechen. „Es reicht", fuhr er gefasster fort. „Die Versammlung ist beendet." Mit diesen Worten sprang er ins Wasser und tauchte hinab in die trüben Tiefen, um sich im Schlamm zu vergraben. Natürlich war ihm bewusst, dass ihn bei der nächsten Zusammenkunft genau dieselbe und ähnliche Debatten erwarten würden, doch was zu viel war, war zu viel. Er mochte König sein, aber was führte er für eine trostlose Existenz? Das einzig Gute in seinem Leben war die Seerose, deren Duft er so liebte, die jedoch für immer an seinen Thron gebunden sein würde. Was hätte er darum gegeben, den Tümpel mit all seinen launischen Bewohnern zu verlassen? Er wollte die Fische sehen, von denen die Tiere gesprochen hatten, die vorübergekommen waren. Er wollte mehr als Fische sehen. Oder Molche. Oder braunes, trostloses Brackwasser. Doch die Welt zu erkunden, war schwer. Vor allem als Frosch, der kaum zwei Meter springen konnte, ohne außer Atem zu geraten. Für ein Lebewesen seiner Größe würde es Monate dauern, den Wald zu durchqueren, in dem sein Tümpel lag. Davon abgesehen gab es an Land Gefahren, die er sich nicht einmal vorstellen mochte. Und doch, wenn sich die Möglichkeit ergab, würde er sie ergreifen, da war er sich sicher.

„Ich muss aus diesem Loch heraus", dachte er. „Nur wie?"

In diesem Moment riss eine Druckwelle ihn aus seinen Überlegungen und er zuckte zusammen. Erschrocken spannte er die Glieder. In diesem Teil des Tümpels war er sonst allein. Er schätzte die Abgelegenheit der Tiefe, weil sich nicht einmal Draufgänger wie Robert Rotauge hierher verirrten. Was also störte seine Ruhe? Er wusste es nicht. Doch was immer es war, es kam schnell näher und musste schwer sein. Schlick wirbelte auf und Dunkelheit erschwerte die Sicht, aber er glaubte, einen runden Umriss zu erkennen, bevor etwas Großes mit einem dumpfen Aufprall im Morast einschlug, wo er zuvor gesessen hatte. Reflexartig stieß er sich nach oben ab und paddelte, so schnell es seine Schwimmhäute zuließen, an die Oberfläche. Mehr panisch als königlich rettete er sich auf ein vorbeischwimmendes Stück Holz, wo er versuchte, sein schnell schlagendes Herz unter Kontrolle zu bringen. Wieder plusterten sich seine Wangen auf, doch unter Aufbietung sämtlicher Willenskraft gelang es ihm, sich zu beruhigen. Dennoch presste er sich eng an sein wackeliges Floß, wohl wissend, dass seine grüne Haut sich stark von dem dunklen Braun abhob.

„Verdammt!"

Es dauerte eine Sekunde, ehe Ferdinand begriff, dass die Worte nicht von ihm gekommen waren. Zwar hatte er sie gedacht, doch die Stimme, die den Fluch ausgesprochen hatte, war weiblich gewesen. Beinah wäre er von seinem Ast gefallen. Der Anblick, der sich ihm bot, trug jedoch nicht dazu bei, dass er sein Gleichgewicht zurückerlangte.

Es verirrten sich nur wenige Menschen in diesen Wald, doch Ferdinand hatte bereits welche zu Gesicht bekommen. Meist kamen sie mit Stöcken, um die Dümmsten seiner Untertanen aus dem Teich zu ziehen, die ihren Ködern in Form von fetten Würmern nicht widerstehen konnten. Ferdinand hatte die Menschen deshalb stets für fischfressende Barbaren gehalten. Ungeniert und hässlich hatten sie die Zähne in Mitglieder seines Hofes geschlagen.

Doch die Erscheinung vor ihm war alles andere als hässlich. Sie hatte langes, dunkles Haar, das sich im Regen wie Wellen kräuselte, ihre Haut war makellos wie die Blütenblätter seiner Seerose und das perlenbestickte Gewand weckte in ihm die Erinnerung an einen Wasserfall, den man ihm einst beschrieben hatte. Das Faszinierendste aber waren ihre Augen. Sie waren von so intensivem Blau, dass er sich fragte, ob das Türkis sein mochte, in dem das Meer Berichten zufolge glitzerte. Davon abgesehen thronte auf ihrem Kopf eine Krone, die seiner ähnlich war, nur dass ihre aus glänzendem Material bestand statt aus Schilfrohr. Zwar hatte Ferdinand nie eine Menschenfrau gesehen, doch er war sicher, dass er soeben einer gegenüber hockte. Genauer gesagt – einer Prinzessin. Gerade jedoch stieß sie Worte aus, die alles andere als majestätisch waren.

„Vorsicht!", rief er, als sie einen Stein ins Wasser schleuderte.

Das Mädchen, das in Begriff gestanden hatte, einen zweiten zu werfen, erstarrte in der Bewegung.

„Wer hat das gesagt?", fragte sie herausfordernd, doch er hörte Furcht in ihrem Tonfall.

Um sie nicht weiter zu ängstigen, holte er Luft und konnte es selbst kaum glauben, als er ihr antwortete. „Ähm … ich."

Die Prinzessin wirbelt herum. Den Kiesel in der Hand sah sie nach rechts und links. „Ich warne dich, ich bin bewaffnet!"

Es kostete Ferdinand Mut, darauf etwas zu erwidern. „Ich bin hier. Schau tiefer … noch tiefer … Hallo."

Ihre Anspannung wich Verwirrung, als sie ihn erblickte. Dann brach sie in Gelächter aus. „Herrgott, Alisha! Jetzt redest du schon mit Fröschen!"

„Alisha." Er ließ ihren Namen auf seiner langen Zunge zergehen. „Heißt du so?"

Das Mädchen vor ihm erbleichte. „Himmel, du kannst wirklich sprechen!"

Entschuldigend hob er die feuchten Hände.

„Aber … Wie ist das möglich?", stammelte sie.

„Ich weiß es nicht", entgegnete Ferdinand wahrheitsgemäß. „Wieso schreist du hier alles zusammen?"

„Zusammenschreien?", wiederholte Alisha stirnrunzelnd. „Ich schreie nicht. Ich bin bloß aufgebracht."

„Und wieso?"

„Wegen meiner Dummheit!"

„Das verstehe ich nicht", quakte er.

Geringschätzig schnalzte sie mit der Zunge. „Wie solltest du auch. Du bist ja nur ein Frosch."

Der Hochmut in ihrer Stimme ließ ihn zurücktreten. „Das war nicht nett."

„Tut mir leid, ich …" Sie rieb sich die Stirn. „Mir ist meine goldene Kugel in den Teich gefallen", erklärte sie bitter.

Ferdinand blinzelte. „Dieses Ding, das mich fast zerquetscht hätte?"

Alisha zuckte mit den Schultern, doch es musste so sein.

„Was ist daran so besonders?"

Das Mädchen lachte. „Außer dass man ein ganzes Land damit ernähren könnte?" Sie setzte sich vor ihm in die Knie. „Die Kugel hat einst meiner Mutter gehört. Mein Vater hat sie mir heute zum Geburtstag geschenkt. Und ich habe sie verloren."

Zwar wusste Ferdinand nur wenig über die Menschen, geschweige denn wie sie sich von Gold ernähren wollte, doch er besaß genügend Feingefühl, um zu verstehen, dass Alishas Mutter nicht mehr bei ihr war. Mitleidig betrachtete er die junge Frau, auf deren Gesicht sich Tränen der Wut abzeichneten. „Vielleicht nicht", quakte er aufmunternd, doch die Prinzessin schüttelte den Kopf.

„Der Tümpel ist tief und ich kann kaum schwimmen. Ich werde sie nie finden."

„Ich weiß, wo sie liegt. Ich könnte versuchen, sie dir wiederzubringen", erbot er nachdenklich.

Staunend sah die Prinzessin auf ihn herab. „Das würdest du tun?"

„Natürlich, so wahr ich König dieses Gewässers bin. Allerdings …" Ferdinand zögerte. Er war bereit, Alisha diesen Gefallen zu erweisen, doch womöglich konnten sie einander helfen. Die Prinzessin war seine Chance auf Freiheit. Mit ihrer Unterstützung würde er den Ufern seines Tümpels entkommen. Wieso sollten sie keinen Handel schließen? „Was gibst du mir, wenn ich hinabsteige und dir deine Kugel wieder heraufhole?", fragte er deshalb.

Ihre blauen Augen musterten ihn und er entdeckte darin eine Mischung aus Hoffnung und Verzweiflung, die er nur allzu gut kannte. Bevor sie ihm antwortete, wusste er, was sie sagen würde.

„Alles. Ich gebe dir, was immer du willst."

Und er wusste, was er wollte. Während der Regen auf das Wasser prasselte, gab sie ihm ein Versprechen …

Jasmin Lincke, geboren 1999, ist eine Autorin aus Jena und entdeckte schon früh ihre Leidenschaft für das geschriebene Wort. Im Alter von sieben Jahren Harry Potter verfallen, träumte sie davon, mit eigenen Geschichten zu faszinieren und zu berühren. Um diesem Ziel ein Stück näher zu kommen, begann sie nach ihrem Abitur ein Fernstudium zur Autorin, welches sie im Oktober 2022 abschloss. Seit 2020 schreibt sie nicht länger im Privaten und konnte im Rahmen von Schreibwettbewerben bereits mehrfach überzeugen. Jasmin arbeitet derzeit an ihrem ersten Roman.

Der Traumprinz, der zum Laubfrosch wurde …

Wie schön er ist,
Wie klug und schlau.
Ach, wäre ich nur seine Frau!

Wie hübsch er lächelt,
Wie laut er lacht.
Ich will nur ihn, mit aller Macht!

Wie reich er ist,
Wie sprachgewandt.
Ich wünscht, er hielte meine Hand!

Doch alles ist nur Schall und Rauch.
Seht doch nur, sein dicker Bauch!
Überheblich ohne Ende –
Und sehr ungepflegte Hände!
Sieht nur sich im Rampenlicht,
Lässt die Freunde oft im Stich.
Angeber und faule Socke,
Wenig Haar, nicht eine Locke!
Ein Langweiler noch obendrein
Das kann doch nur ein Laubfrosch sein …

Dörte Müller, geboren 1967, schreibt und illustriert Kinderbücher. Manchmal schreibt sie auch Kurzgeschichten für Erwachsene. „Der Traumprinz, der zum Laubfrosch wurde" ist eine humorvolle Geschichte, in der hohe Erwartungen genau in das Gegenteil umgekehrt werden.

Der Grottenfrosch

Es war einmal in einer Sandsteingrotte nahe einem kleinen Gebirge. Dort lebte in einem winzigen Tümpel, der sich in der Grotte immer wieder vom Regen bildete, ein Fröschlein, das letztlich zum Frosch wurde. Dem Frosch ging es dort unten dem Anschein nach gut. Er hatte Wasser, Nahrung und war sicher vor Fressfeinden. Und doch, etwas fehlte ihm. Das waren andere Frösche.

Oft saß er so an seinem Tümpel und dachte über sein Leben nach. „Wäre schön, wenn ich in einem Waldbach leben würde oder einem größeren Teich", dachte er dann. So ging das lange Zeit und viele Jahre seines Lebens.

Eines Tages jedoch zog ein Gewitter heran, das war größer und stärker, als alle bisher erlebten und geahnten. Und so wurde der Tümpel voller und voller mit Wasser. Letztlich war die ganze Grotte überflutet und der Frosch schwamm ins Freie – oder besser, er konnte nun dorthin, wo er noch nie gewesen war bislang. Voller Freude sah er das erste Mal die Sonne draußen stehen. Und zu seinem Glück kam auch noch eine hübsche Froschdame vorbei, der er bis zu ihrem Teich folgte. So kam es, dass sein Traum vom Waldteich, in dem er leben wollte, wahr wurde. Er verliebte sich und fand Freunde im Teich dort, das alles hatte er zuvor für undenkbar gehalten.

Schön, dass dies dem Fröschlein passierte! Und noch schöner, dass wir auch etwas daraus lernen können, wenn wir wollen.

Simon Käßheimer *wurde 1983 in Friedrichshafen am Bodensee geboren, wo ich bis heute meine Wurzeln sehe. In Nähe des Bodensees (Ravensburg) lebt er inzwischen inspiriert durch die schöne Landschaft glücklich vor sich hin. Dazwischen liegen eine Gärtnerausbildung und neun Jahre Hauptschule, die Arbeit als Gärtner und zuletzt eine Tätigkeit, die ihm die Zeit zum Schreiben eingeräumt hat.*

Der erste milde Tag

Das verlassene Haus
der verwilderte Garten
die vergessene Zisterne

Bin hinabgetaucht auf den Grund
zum modernden Laub vom letzten Herbst

Hab die alte Kröte gefunden
mit ihren Winterträumen
vorsichtig blinzelte sie
die wärmende Sonne an
und mich

Helmut Blepp, *1959 in Mannheim, Studium Germanistik und Politische Wissenschaften, selbständig als Trainer und Berater für arbeitsrechtliche Fragen; lebt mit seiner Frau in Lampertheim an der hessischen Bergstraße; Veröffentlichungen: vier Gedichtbände; zahlreiche Veröffentlichungen in Zeitschriften und Anthologien.*

Übermut tut selten gut

Ganz begeistert liest Papa aus der Zeitung vor: „... deshalb bitten wir alle Seifenkistenbegeisterten, den Anmeldeschluss am nächsten Samstag nicht zu verpassen. Das Rennen findet am letzten Sonntag dieses Monats statt. Anmeldeformulare sind im Internet auf der Seite seifenkisten-rennen.de zu finden.“

Papa lässt die Zeitung sinken. Er muss seinen Sohn gar nicht fragen – Marcel brennt schon wie ein Streichholz, das man an einer Streichholzschachtel gerieben hat.

„Ja, ja, ja“, ruft er begeistert und klopft vor Aufregung auf die Tischplatte, bis die Krümel hüpfen. „Papa, da möchte ich gerne mitmachen!“ Dann runzelt er die Stirn: „Aber dafür brauche ich eine Seifenkiste. Können wir nicht zusammen eine bauen? Bitte, Papa!“

Seifenkisten. Solange sich Papa erinnern kann, schwärmt er heimlich dafür. Als Kind wäre er auch gern Rennen gefahren. Aber er durfte nie. Oma fand das viel zu gefährlich. Papa überlegt und er freut sich. Sein Lächeln wird immer breiter, bis fast zu den Ohren. Dann sagt er: „Selbstverständlich können wir zusammen eine Seifenkiste bauen, mein Sohn! Da müssen wir aber erst mal sehen, wie das geht und welche Teile wir dazu brauchen.“

„Super!“, ruft Marcel und hat gleich eine Lösung parat: „Guck doch ins Internet, da ist doch bestimmt eine Bauanleitung zu finden“, schlägt er vor.

Und wirklich, sowohl Bauplan als auch Teileliste und genaue Anweisungen stehen im Internet. Papa druckt die Seiten aus und fährt gleich am nächsten Tag los, um das Material zu kaufen: Holz und Spachtelmasse, Räder und Achsen und vieles mehr.

„Na warte, Marcelli-Pirelli“, sagt Kevin und grinst unangenehm.

Marcel geht derweil in die Schule. Er ist so begeistert von dem Plan, am Seifenkistenrennen teilzunehmen, dass er es gleich seinen Mitschülern erzählt: „Stellt euch vor, ich fahre beim Seifenkistenrennen mit“, sagt er stolz. „Papa und ich bauen gerade ein Fahrzeug!“

Dummerweise hat auch Kevin zugehört. „Glaubst du, dass du gewinnst? Ich fahre nämlich auch mit!"

Marcel zuckt die Schultern. Vor dem Wettbewerb am Sonntag hat er keine Angst. Er will als Erster durchs Ziel fahren. „Ja", sagt er sich so leise, dass Kevin es nicht hört, „ich schaffe es!"

Marcel und Papa sägen, feilen und schrauben nun drei Tage lang in jeder freien Minute. Am Freitag streichen sie das Gefährt mit dem Rest grüner Zaunfarbe, die Papa im Schuppen gefunden hat.

„So, jetzt kannst du Probe fahren", sagt Papa und schiebt die Kiste auf den Parkplatz. Am liebsten wäre er selbst hineingestiegen, aber er ist zu groß.

Vorsichtig klettert Marcel das erste Mal in seinen grünen Flitzer. Als er sitzt, guckt nur noch sein Kopf aus dem Gehäuse hervor. Er trägt den alten Motorradhelm von Papa, damit ihm bei einem Unfall nichts passiert. Gegen den Fahrtwind hat er sich seine froschgrüne Schwimmbrille aufgesetzt. Papa schiebt an. Marcel lenkt seine Seifenkiste wie ein Profi.

„Das ist toll!", ruft er. „Fährt sich super!"

Am Sonntag strahlt die Sonne vom Himmel. Unheimlich viele Seifenkistenrennen-Fans stehen an der Rennstrecke, die mit Strohballen abgesperrt ist. Die Veranstalter haben eine große Startrampe aufgebaut, an der Strecke stehen Lautsprecher. Seit einer halben Stunde schallt daraus ununterbrochen fröhliche Musik.

Dann knackt es plötzlich, die Musik geht aus, und ein Mann ruft: „Meine Damen und Herren, liebe Kinder, halten Sie sich bereit für das erste Rennen des Tages! Am Start sind zwei Jungs mit außergewöhnlich kreativen Seifenkisten! Auf die Plätze – fertig – los!"

Jemand drückt eine Tröte. *Tut, tut, tut, tuuuuut!* Und die ersten zwei Wagen rauschen mit Schwung die Rampe hinunter. Es sind Marcel in seinem grünen Froschflitzer und Kevin in einer Kiste, die entfernt an eine graue Maus erinnert. Die Zuschauer recken die Hälse. Marcel fährt auf der linken Fahrspur, rechts fährt Kevin.

„Wart's ab!", ruft er Marcel zu und wirft ihm einen sehr ernsten Blick zu. Noch liegen beide gleich auf. Doch plötzlich steuert Kevin seinen Wagen nach links – und berührt mit seinem linken Vorderrad das rechte Vorderrad von Marcel.

„Na, was ist denn da auf der Strecke los?", ruft die Stimme aus dem Lautsprecher ganz aufgeregt. „Ich sehe wohl nicht recht! Die graue Maus mit der Nummer 2 touchiert den grünen Wagen mit der Nummer 1, gesteuert von einem Froschmann!" Da lenkt dieser Kevin schon wieder nach links! Marcel kann seinen Wagen nicht mehr halten und steuert geradewegs auf einen Strohballen zu.

Die Stimme aus dem Lautsprecher klingt jetzt sauer: „Ja, gibts denn so was? Attackiert doch die graue Maus schon wieder den grünen Frosch – und der hält geradewegs auf den Strohballen zu! Um Himmels willen, ist denn die graue Maus vollkommen von Sinnen?"

Schwupps – da landet Marcel auch schon im Stroh. Ganz benommen berappelt er sich wieder.

Papa kommt angestürzt. „Marcel! Ist dir was passiert?", fragt er besorgt und klaubt seinem Sohn ein paar Halme von der Jacke. Die Zuschauer schimpfen auf Kevin in der grauen Maus, fleißige Helfer schieben Marcels Seifenkiste wieder auf die Bahn.

„Gott sei Dank, der Helm und die grüne Schwimmbrille haben dich vor schlimmeren Verletzungen geschützt", stellt Papa fest.

Marcel steht auf und guckt: „Wo ist Kevin?", fragt er.

Kevin kommt zwar an der Ziellinie an, aber gewonnen hat er nicht.

„Die Rennleitung hat soeben entschieden, dass die graue Maus, der Wagen Nummer 2, disqualifiziert wird!", schnarrt die Stimme aus dem Lautsprecher. „Wagen Nummer 1, der grüne Frosch, darf dafür erneut starten!"

„Hast du gehört, Marcel? Du darfst noch einmal fahren", sagt Papa.

Marcel nickt, so richtig freut er sich nicht, er ist wütend auf Kevin. Dann erinnert er sich an das, was er sich in der Schule vorgesagt hat, dreht sich zu Papa um und sagt: „Diesmal gewinne ich!"

„Wie du meinst, mein Sohn", sagt Papa. „Aber sei vorsichtig."

Und Marcel behält recht. Seine Seifenkiste fährt beim zweiten Rennen schnell und schnurgerade die Rampe hinunter und saust lange vor der anderen durchs Ziel. Keiner der anderen Teilnehmer ist schneller! Wer hätte das gedacht beim Start: Marcel ist tatsächlich der Sieger des Seifenkisten-Turniers.

„Herzlichen Glückwunsch dem grünen Frosch und seinem Fahrer Marcel!", ruft die Stimme aus dem Lautsprecher.

Die Zuschauer klatschen und johlen, Marcel jubelt.

„Hier, dein Gewinn", sagt ein Mann von der Rennleitung und schüttelt Marcel freundlich die Hand. Mit der anderen Hand übergibt er ihm den Gutschein eines Einkaufscenters. Die Zuschauer klatschen wieder und lächeln Marcel zu.

Nur Kevin, der würdigt Marcel keines Blickes.

Charlie Hagist *wurde 1947 in Berlin-Steglitz geboren. Nach Grund- und Oberschule absolvierte er eine Ausbildung zum Bankkaufmann. Während seiner Tätigkeit in der Personalabteilung des Hauses bildete er sich zusätzlich zum Personalfachkaufmann (IHK) weiter. Ehrenamtlich war er als Richter am Amtsgericht Berlin-Tiergarten, am Sozialgericht Berlin und danach am Landessozialgericht Berlin tätig. Charlie Hagist ist verheiratet, hat einen Sohn.*

Freiheit

So nervig und so unbedacht,
hält dieses dumme Tier mich wach.
Jetzt schon zwei Wochen quakt es rum,
ich wünschte sehr, es wäre stumm.

Seitdem ich hier bei Oma wohn,
im Kinderzimmer mit Balkon,
will es im Teich nicht leise sein,
vor allem nachts im Mondenschein.

Der Plan, er steht, das Viech muss weg,
ich lege mich in ein Versteck
und wart im Garten, bleibe wach,
wie könnt ich schlafen bei dem Krach.

Doch was an sich kann gar nicht sein,
schlaf ich dann doch dort draußen ein.
Als ich erwach, da sitzt das Tier,
frech wie es ist, gleich neben mir.

„Was hast du vor mit diesem Netz?",
fragt es, als ich mich aufrecht setz.
„Dich fangen", sag ich voller Schreck
und hoff, es hüpft nicht einfach weg.

„Warum?", fragt dieser Scharlatan.
„Was hab ich dir denn je getan?"
„Wach hältst du mich in jeder Nacht,
das macht am Tag mich müd und schwach."

„Das liegt jedoch in der Natur,
so wie du redest, quak ich nur.
Mich deshalb fangen ist nicht recht,
als Mensch scheinst du mir richtig schlecht!"

Ein schlechter Mensch soll ich jetzt sein?
Sagt mir ein Frosch so grün und klein.
Da kommt die Oma in den Garten
und ruft, ich soll nicht länger warten.

Sie weckt mich auf, ich schlief wohl fest,
was mich trotzdem jetzt denken lässt,
dass dieser Frosch heut zu mir sprach
und damit alle Regeln brach.

Wenn er das für die Freiheit wagt,
wer bin ich dann, der schnell verzagt,
bloß weil ein kleines Quaken störte,
mich wegen so was hier empörte.

Ab jetzt quakt jede Nacht ein Schlaflied,
dass mich ins Traumland rüberwiegt.
Der Störfaktor ist einfach weg
und ich bin wieder lieb und nett.

Wenn ich den Frosch noch einmal seh,
dann grüß ich scheu nur wie ein Reh.
Bedroht soll er sich nicht mehr fühlen,
im Teich darf er sich gern abkühlen.

***Antje Höblich** wurde 1980 in Kaiserslautern geboren. Sie wuchs als jüngstes Kind einer klassischen fünfköpfigen Familie auf und begeisterte sich bereits in der Schule für kreatives Schreiben. Nach einer Ausbildung zur Reiseverkehrskauffrau verbrachte sie viel Zeit damit, Länder, Menschen und Kulturen kennenzulernen. Mittlerweile ist sie mit ihrer eigenen kleinen Familie in der Pellenz (vorerst) sesshaft geworden und findet Zeit, sich ihrer Schreibleidenschaft zu widmen.*

Der echte Herzensfrosch

Ulrich platzierte sich auf dem gemütlichen Bett der Prinzessin. Es gab überall Kissen, es gab sie in einem edlen Rot, in dunklem Grün und mit lustigen Fransen und es gab eins, das sie bestickt hatte, als sie noch klein war. Die Stickerei zeigte ihr Lieblingsmärchen, der Froschkönig, doch egal, was er tat – und er tat viel –, sie beachtete ihn nicht.

Dabei war Ulrich ein Frosch. Und zwar ein sehr hübscher, fand er. Er war früher ein Mensch und als Mensch ihr bester Freund geworden, aber ihre Eltern wollten, dass sie mit Adligen spielte, und so wurden dem armen Bauernjungen immer mehr Aufgaben aufgedrängt, bis er keine Zeit mehr für seine beste Freundin, die Prinzessin Emma, hatte. Aus diesem Grund, und weil er wusste, wie sehr seine beste Freundin das Märchen vom Froschkönig liebte, machte er sich auf den Weg zur Dorfhexe und bat sie, ihn zu verfluchen. Als er zurückkehrte, nahm das Mädchen ihn bei sich auf, doch küssen wollte sie ihn nicht. Jedes Mal meinte sie, er wäre nicht der Richtige und am Ende bliebe er doch der alte, grüne Frosch und werde nicht zu einem wunderschönen Prinzen. So hoffte die Prinzessin weiter auf ihren froschigen Prinzen, der kommen würde, noch bevor ihr Vater sie verheiraten konnte. Und er hoffte weiter, dass die Prinzessin es endlich erkennen würde.

„Friedolin, wo bist du denn?", rief die Prinzessin in ihr großes Zimmer hinein, das Platz für eine fünfköpfige Familie geboten hätte. Eigentlich würde Prinzessin Emma viel lieber auf dem Land wohnen und ihrem besten Freund helfen, denn sie wusste nicht, dass Friedolin ihr bester Freund Ulrich war. Sie dachte, ihr bester Freund Ulrich sei noch irgendwo da draußen auf dem Feld und hätte sie längst vergessen – und dieses Wissen machte den Frosch traurig, denn er vermisste seine beste Freundin und er vermisste seinen menschlichen Körper. Er vermisste auch seine Eltern, die nun alleine auf dem Land schufteten.

„Quak", gab der Frosch von sich. Er legte sich so auf dem Bett zurecht, das sie ihn einfach toll finden musste, aber sie beachtete ihn kaum.

„Du glaubst nicht, wen ich gefunden habe", begann die Prinzessin zu sprechen und der Frosch verdrehte innerlich nur die Augen.

Er wusste genau, was jetzt folgen würde. Er wusste, dass sie wieder einen Frosch im Garten oder Wald gefunden hatte und sie ihn nun vor seinen Augen küssen wollte. Innerlich wollte er sich über das Fenster beugen und in die Tiefe springen. Am liebsten hätte er sie angeschrien, dass er es sei, den sie suche, aber es nützte alles nichts und so sah er mit an, wie sie den Frosch auf ihren Händen platzierte, einen Kussmund formte und sich damit dem Frosch näherte.

Zu seiner Überraschung und der der Prinzessin entsprang der Frosch ihren Händen. Die Prinzessin blinzelte immer noch, Ulrich oder auch Friedolin hatte die Fassung schneller wiedererlangt und suchte den Raum nach dem anderen Frosch ab. Sobald er ihn entdeckt hatte, sprang er auf ihn zu. „Warum willst du dich nicht küssen lassen?", quakte er.

„Ich stehe nicht auf Prinzessinnen", antwortete dieser.

„Nicht? Auf was dann? Bauernmädchen? Die Prinzessin fühlt sich nicht wie eine Prinzessin."

„Nein, auf Prinzen. Oder Bauernjungen."

Friedolin geriet ins Straucheln. Damit hatte er nicht gerechnet, aber er fing sich schnell wieder, denn er bewunderte den Mut des Frosches und bekam eine Idee, wie beide auf ihre Kosten kommen konnten. „Die Prinzessin hat einen Bruder. Ich weiß nicht, was er von Fröschen hält. Ihr großer Bruder ist ein Fiesling, aber der jüngere könnte dir vielleicht gefallen. Und ich übernehme stattdessen die Prinzessin. Was hältst du davon?"

„Wirklich?"

„Ja."

„Und du ekelst dich nicht vor mir? Die anderen Menschen sind immer vor mir weggerannt, wenn sie davon gehört haben. Deswegen bin ich zu der Hexe, damit sie mich in einen Frosch verwandelt. Ich konnte freier leben, ohne dass mich die Leute ausgelacht haben", sprach der Frosch sehr schnell und man merkte, dass er sich nicht ganz wohl in Friedolins Nähe fühlte.

„Natürlich ekel ich mich nicht von dir. Ich habe es nur nicht erwartet und war ein bisschen geschockt. Aber ich kann es verstehen. Ich bin zu der Hexe, um die Prinzessin für mich zu gewinnen, aber sie will mich nicht."

„Dann wünsche ich dir viel Glück", meinte der Frosch und nahm Reißaus.

Friedolin wusste nicht, ob der Frosch zu dem Prinzen ging oder nicht, aber er wusste, er musste seine Chance bei der Prinzessin nutzen. Und zwar jetzt. So hüpfte er zu ihr und sie platzierte ihn auf ihren Händen. „Ich weiß, dass du es bist, Friedolin. Aber was solls. Vielleicht bist du es ja doch und ich bin es leid, noch mehr glibbrige Münder zu küssen."

Endlich geschah es. Endlich küsste Prinzessin Emma den Frosch. Und da geschah es – und beide wussten in diesem Moment, dass es echte Liebe und nicht einfach die Sache mit dem Frosch war. Friedolin wurde wieder zu Ulrich und Prinzessin Emma erkannte ihn sofort. Ihr liefen Freudentränen über das schöne Gesicht, so sehr freute sie sich über ihren besten Freund und dass sie ihn wieder bei sich hatte.

„Willst du mich heiraten, Ulrich? Ich weiß, es ist verrückt, aber meine Eltern werden uns nicht noch einmal trennen. Du wirst dich nicht mehr in einen Frosch verwandeln müssen, um dich vor ihnen zu verstecken. Wenn sie es nicht akzeptieren können, dann nehmen wir ein paar Goldstücke und Schmuck mit und verkaufen es, um uns einen Bauernhof zu holen."

„Und du bist dir sicher, dass du dein adeliges Leben einfach so wegwerfen kannst?", fragte Ulrich, einst ein Frosch, besorgt, denn einerseits wusste er von ihren Träumen von einem eigenen Hof, aber irgendwie wollte er sein Glück noch nicht wahrhaben.

„Meinen kleinen Bruder nehmen wir auch mit. Wir suchen ihm einen Frosch und meine Eltern können nichts dagegen haben. Dann haben sie immer noch ihren braven, ältesten Sohn, den sie zum König machen können. Und wir sind frei. Und mein kleiner Bruder auch. Also?"

„Ja! Ich sage ja, ja und noch mal ja. Darauf habe ich gewartet. Wieso hast du nur so lange gebraucht, um zu erkennen, dass dein Frosch schon immer bei dir war?"

„Ich habe es gefühlt und trotzdem nicht erkannt", sagte sie über sich selbst den Kopf schüttelnd.

„Quak, quak", meldete sich da ein Frosch zu Wort und Ulrich nahm ihn hoch. Irgendwie musste er noch die Froschinstinkte innehaben, denn er wusste, wer das war.

„Wir sollten deinen Bruder sofort einweihen. Ich habe seinen Frosch in meinen Händen", meinte Ulrich stolz und zeigte der Prinzessin den Frosch, den sie beinahe statt seiner geküsst hätte. „Ich kann gar nicht glauben, dass du ihm deinen Bruder wegnehmen wolltest."

„Er will meinen Bruder?"

Der Frosch quakte und Ulrich war sich nicht ganz sicher, ob der Frosch wirklich den Prinzen wollte und ob es wahre Liebe sein würde, aber er hoffte es. Dann wäre es genauso magisch-verrückt wie bei ihm und Prinzessin Emma.

Janchen Märchendrache ist auch jemand wie Prinzessin Emma, die davon träumt, den richtigen Frosch zu finden und nicht – wie die letzten Male – von einem Oberknallfrosch verletzt zu werden. Oberknallfrösche sind übrigens besonders dadurch zu enttarnen, dass sie erst lieb und nett wirken und dann sagen, dass sie kein Interesse an einem weiteren Treffen haben, weil man zu anstrengend war, aber weiter miteinander schreiben wäre okay. „Eine Warnung an alle: Passt also auf, welchen Frosch ihr küssen wollt, sie könnten sich als ein riesengroßer Idiot entpuppen! Und es gibt für jeden Prinzen, jede Prinzessin, jeden Bauern und jede Bäuerin einen guten Frosch, wenn man nur daran glaubt!"

Frosch Franz

Franz ist nicht unbedingt der Hellste
und beileibe nicht der Schnellste,
doch im Vergleich zu anderen Tieren
kann er ganz fürstlich musizieren.

Silvester spielte er mit Schalk
Boogie-Woogie auf seinem Blasebalg
und steppt dabei mit seinen Füßen,
die aus grünen Sandalen grüßen.

„Hey ho, den Boogie lieb ich so",
quakt er dazu in tiefem Bass.
Ihr lieben Leut', der traut sich was!

Der Blasebalg, er wird genährt
durch Bier, das kühl im Keller gärt.
Das Singen fällt nicht immer leicht,
wenn ein Rülpser Franz entweicht.

Als *Boogie-Rülpser* ist er bekannt
bei seinen Fans im ganzen Land.
Und bitte: Wer noch keine hatte,
der kauft sich jetzt ne Langspielplatte!

Manfred Luczinski wurde 1964 in Baden Württemberg geboren und lebt in Weinstadt im Rems-Murr Kreis. Seit nunmehr elf Jahren schreibt er Gedichte. Veröffentlichungen in Anthologien, Preisträger 2023 Literaturwettbewerb, Berichte in Medien, ab und zu Lesungen. Außerdem hört er sehr gerne Musik.

Die sieben Königskinder

Es war ein Mal eine Königin, die hatte sieben Töchter. Alle waren sie schön und reich, da sie als Prinzessinnen geboren worden waren. Als sie alle ein heiratsfähiges Alter erreicht hatten, so ließ ihre Mutter, die Königin, im ganzen Reich verkünden, sie suche Gemahle für die sieben Königskinder.

Und von überall her kamen sie – die Söhne der Edelleute und der reichen Kaufmänner. Sie alle boten sich als Gemahl für eine der Töchter an, doch die sieben Prinzessinnen waren nicht leicht zufriedenzustellen und lehnten jeden einzelnen Bewerber ab. So kam es, dass sie alle am Ende des Tages ohne einen Mann an ihrer Seite waren. Ihrer Mutter bereitete das Kummer, denn sie fragte sich, wo sie nun geeignete Kandidaten finden solle, die ihre Töchter akzeptieren würden.

Die älteste der Prinzessinnen sah ihrer Mutter Kummer, und da sie nicht wollte, dass sie sich ihretwegen grämte, rief sie ihre Schwestern zusammen, um des Problems Lösung zu finden. Die sieben Schwestern waren anfangs alle etwas ratlos, doch dann meinte die Jüngste, sich zu entsinnen, dass eine entfernte Verwandte an einem anderen Königshof in einem verwunschenen Frosch einen Prinzen gefunden hatte, der ihren Ansprüchen entsprach. Als sie dies sprach, so meinten sich ihre Schwestern ebenfalls zu erinnern und sie schmiedeten einen Plan, wie sie an geeignete Gatten kommen konnten.

Die sieben Königstöchter begaben sich gemeinsam in den Wald, der ihr Schloss umgab, in der Hoffnung, dort auf einen Prinzen zu stoßen, der darauf wartete, von ihnen erlöst zu werden. Sie gingen an einen Waldbach und tatsächlich saß dort ein kleiner, brauner Frosch. Nun, trotz ihrer Mutter Gram, zauderten die Schwestern, bis die siebte sich ein Herz nahm und den Frosch aus dem Wasser hob.

„Du musst ihn küssen", sprach die Älteste, doch die Jüngste zögerte, während sie in die seltsam leuchtenden Augen des Frosches blickte. Ihr kam der Gedanke, ob es sich wohl tatsächlich um einen verwunschenen Prinzen handeln mochte, und so schloss sie die Augen und drückte einen schnellen Kuss auf die glitschige Haut des Frosches.

Nichts geschah und so ließ die jüngste Königstochter das Tier wieder zurück in die sanften Ströme des Waldbaches. Etwas niedergeschlagen wegen des Misserfolgs gingen die Schwestern weiter abwärts der Strömung. Nicht lange und die sechste Königstochter sah einen Frosch am Wasserrand sitzen. Auch sie versuchte ihr Glück, nur um ebenfalls zu scheitern und den Frosch wieder in die Freiheit zu entlassen.

Sie setzten ihre Suche fort und auch die fünfte und die vierte Schwester fanden einen Frosch und überwanden sich zu einem Kuss, doch immer blickten die seltsam leuchtenden Augen stumm zurück. Die dritte Schwester probierte es ebenfalls, und als die zweite Tochter einen Frosch gefunden hatte, der eines Versuchs würdig war, blickte auch sie in zwei glimmernde Froschaugen und fragte sich, ob es sich wohl tatsächlich um einen magischen Frosch handelte, doch trotz ihres Kusses blieb der Frosch ein Frosch.

Nun war nur noch die älteste Schwester übrig und sie war sich sicher, sie sei die richtige, bei ihr würde der Frosch ein Prinz werden. Sie fand flussaufwärts einen weiteren Frosch, nahm ihn, gab ihm einen Kuss, doch statt eines wunderschönen Prinzen, den sie erwartet hatte, starrten sie zwei seltsam leuchtenden Augen an und eine Stimme erklang: „Richtig, richtig, ich bin magisch, doch lange nicht der Prinz eures Begehrens. Sucht anders Wegs nach eurem Glück, aber ich gehe in Dankbarkeit für die sieben Küsse.“

Zora Löw, *17 Jahre alt, wurde am Bodensee geboren und ist hier aufgewachsen.*

Lyrisches

Es war einmal ein Knöterich,
der traf auf einen Kröterich.

Des Reimes wegen jetzt und hier
traf die Pflanze auf das Tier.

zu Konsequenzen kam es nie –
nur zu paar Zeilen Poesie.

Hartmut Gelhaar, *Jahrgang 1948, Rentner, lebt in Wernigerode. Hat bereits in mehreren Anthologien veröffentlicht. Betreibt auf YouTube den Podcast „Lyrik für die Ohren."*

Kennt ihr das Froschlied?

In einem fernen Land lebten zwei greise Eheleute. Sie hatten jung geheiratet, sich selbst ein Haus gebaut und lebten in Frieden auf ihren kleinen Hof. Der Mann hieß Nun und bearbeitete tüchtig seine Felder und sorgte somit für die beiden. Er erfand ein System, wie er bei Trockenheit aus dem nahe gelegenen Bach seine Felder mit Wasser versorgen konnte, so musste er nicht mehr so hart arbeiten wie zu Beginn ihrer Ehe. Seine Gemahlin Naunet war ebenfalls eine tüchtige Frau, sie kochte jeden Tag leckere Hausmannskost und konnte alles, was die beiden benötigten, mit großem Fleiß und Liebe herstellen. Sie hatten auch eigene Hühner, eine kleine Ziege und ihre Welt wäre fast vollkommen ..., jedoch hatten sie einen großen, unerfüllten Traum. Sie wünschten sich nicht sehnlicher als ein Kind und träumten davon bereits jahrelang, aber je mehr Zeit verging, desto weniger glaubten sie daran, jemals ihren größten Traum in Erfüllung gehen zu sehen.

Eines Sommertages ging Naunet mit ihrem Wäschekorb zum Fluss, um ihre Wäsche zu waschen, und nachdem sie ihre Bettlaken mit ihren fleißigen Händen weiß geschrubbt und sie an der nahe liegenden Wiese zum Trocknen ausgebreitet hatte, wurde sie plötzlich sehr durstig und sie trank einen kleinen Schluck Wasser unmittelbar aus dem Fluss. Aber das stillte nicht ihren Durst und mit jedem Schluck Wasser wurde sie nur noch durstiger. Sie trank so viel Wasser, dass sie davon einen großen Bauch bekam.

Ihr Weg nach Hause war nicht lang, aber sie schaffte ihn kaum, denn ihr Bauch war schon so groß wie eine Wassermelone und machte sie sehr müde. „Ich weiß nicht, was ich machen soll, ich bin noch immer durstig!", beklagte sie sich bei ihrem Ehemann.

„Trink, so viel du wünschst! Und so lange, bis du deinen Durst löscht!", meinte Nun.

So trank sie ohne Ende und mit jedem Schluck wurde ihr Bauch größer. Nach drei Tagen konnte sie sich nicht mehr bewegen, sie lag nur noch im Bett und ihr Mann musste sich um den Haushalt kümmern. Aber das machte er gerne, denn er war zuversichtlich, dass sie eines Tages ihren Durst löschen würde.

Und tatsächlich – am vierten Tag verschwand ihr Bauch und sie gebar ein winzig kleines Baby. Ihr Ehemann war überglücklich und lief sobald aufs Feld, um sich beim Fruchtbarkeitsgott zu bedanken. Als er aber nach Hause kam, merkte er, dass das kleine Baby ganz grün war und einen Froschkopf hatte.

„Es sieht wie ein kleiner, hässlicher Frosch aus!", stellte auch Naunet fest. „Aber für mich ist es das schönste Baby der Welt."

Also nannten sie das Kind Fröschlein. Und das Fröschlein wuchs und hüpfte wie ein richtiger Frosch um das Haus herum und über die Felder bis zum Fluss. Er blieb oft am Flussufer sitzen und badete sehr gerne im grünen Flusswasser.

Das kleine Froschkind wurde immer größer und eines Tages wurde es plötzlich erwachsen. Da seine Eltern auch älter wurden, riefen sie ihr Froschkind eines Tages zu sich, um ihr Kind zu belehren. „Schau, Froschsohn, wir sind bereits mehr als 100 Jahre alt und bleiben nicht Ewigkeiten bei dir. Deshalb wäre es nun an der Zeit, dass du dir eine Braut suchst! Wir geben dir ein bisschen Proviant und etwas Zeit, also gehe und finde deine Braut. Wir werden hier auf dich warten, und wenn du zurück mit einer jungen Braut kehrst, bekommst du unseren Hof und kannst ihn weiterführen. Uns aber gibst du eine kleine Ecke in der warmen Stube und jeden Tag einen Teller Süppchen und wir werden glücklich sein."

So nahm der Froschjunge den Proviant, den er sich auf seinen Wanderstock band, und ging in die weite Welt auf der Suche nach einer geeigneten Braut.

Als er zum ersten Dorf kam, lachten ihn die Dorfkinder aus: „Schaut, ein Vagabund mit einem Froschkopf!"

Es war das erste Mal, dass ihn jemand auslachte. Aber er verlor nicht den Mut. „Vielleicht sind im nächsten Dorf die Kinder freundlicher!"

Aber auch im zweiten, dritten und vierten Dorf waren alle Kinder grausam und lachten ihn nicht nur aus, sondern sprangen wild um ihm herum wie Frösche.

„In einem Dorf finde ich nie eine junge Frau, die mich heiraten will", stellte der junge Froschmann fest.

So ging er in eine große Stadt. Aber in der Stadt wurde es nicht besser, eher schlimmer. Die Kinder hüpften um ihn herum, lachten ihn aus und riefen ganz laut: „Quak, quak, quak." Einige dachten sich sogar ein Lied aus und sangen es im Kanon um ihm herum.

„Quak, quak, quak", sagt der kleine Frosch,
wenn er durch den Teich hüpft, oh so fröhlich.
„Quak, quak, quak", sagt der kleine Frosch.
Er ist unser Feind, er ist nicht klein, er ist groß!

So ging er weiter und kam zum großen, blauen See. Er setzte sich müde und erschöpft ans Ufer und schaute in die Wellen. Er wurde traurig, weil er dachte, dass er nie den Wunsch seiner Eltern erfüllen würde und deshalb auch nie wieder nach Hause kehren konnte.

Stundenlang saß er nun am Ufer des großen, salzigen Sees und wurde so traurig, dass ihm eine kleine Perlenträne aus dem Auge stieg, an seiner Wange herunterrollte und rollend in den Meereswasserschaum am Ufer fiel.

Kurz darauf hob sich ein Mädchenkopf mit grünen Haaren aus dem See. „Warum bist du traurig?", fragte es.

Der Froschjüngling erzählte ihm die Geschichte mit den singenden Kindern und wartenden Eltern, die er nun nie wiedersehen konnte.

„Ich warte seit Jahren auf dich!", sagte die hübsche Meeresjungfrau. „Als ich jung war, hat mich eine Hexe verzaubert und ins Meer gezogen. Ich war zu neugierig und folgte ihr. Aber nun bist du hier und kannst mich retten!"

„Wenn ich nur wüsste wie, würde ich dir gerne sofort helfen."

„Bücke dich zu mir herab und küss mich!", sagte die Schöne aus dem Meer.

Der Froschjüngling überlegte nicht lang. Er wollte dem schönen Mädchen helfen – oder zumindest seinen Wunsch nach einem Froschkuss erfüllen. Er schenkte dem Mädchen einen liebevollen Kuss auf die grüne Wange. Und sobald seine Froschlippen die grüne Haut berührten, platzte ihm sein Kopf und seine Froschhaut fiel ab. Und gleichzeitig verlor die Jungfrau aus dem See ihren Fischschwanz und stand vor ihm in einem langen, weißen Brautkleid.

Der Jüngling nahm sie an seine Hände und lief den ganzen Weg zurück zu seinen Eltern, er lief drei Tage und drei Nächte lang, bis er erschöpf an die Tür seiner Eltern klopfen konnte. Dann feierten alle eine wunderbare Hochzeit und der Frosch und seine Meeresjungfrau leben noch heute, wenn nicht in echt, dann zumindest in unserer Erzählung. Und wenn ihr dieser Geschichte nicht glaubt, dann fragt die Kinder, die nun das Lied etwas anders singen:

„Quak, quak, quak", sagt der kleine Frosch,
wenn er durch den Teich hüpft, oh so fröhlich.
„Quak, quak, quak", sagt der kleine Frosch.
Er ist unser Freund, er ist nicht klein, er ist groß!

Iris Mesko *lebt in München, wo sie als beeidigte Übersetzerin und Dolmetscherin für die slowenische Sprache arbeitet. In ihrer Freizeit spielt sie gerne mit Wörtern und erfindet eigene Märchen, Sagen und Kurzgeschichten.*

Der Froschkönig

Ein Frosch, er sitzt an einem Teich
und blickt zufrieden auf sein Reich.
Er fängt sich mit gar viel Entzücken
zunächst einmal vier kleine Mücken.

Nachdem er gut gegessen hat,
fühlt er sich wohl und richtig satt.
Im Stillen träumt er vor sich hin,
so manches kommt ihm in den Sinn.

Noch ist alles wunderbar,
auch seine Freunde, die sind da.
Man hört ein sanftes Froschkonzert,
das uns'ren König sehr verehrt.

Und sein Herz vor Freude hüpft –
fünf Entenküken sind geschlüpft.
Die Entlein, schon seit vielen Stunden,
drehen im Teich froh ihre Runden.

Auch Freund Fisch, der schwimmt heran,
schaut sich den Entennachwuchs an.
Doch dann, es ist echt nicht zu glauben,
was manche Menschen sich erlauben!

Den armen Frosch, ihn trifft am Bein
ein nach ihm geworf'ner Stein.
Das war ein Mann, der alte Bill,
der das Konzert nicht hören will.

Allen Tieren ist's ein Graus,
sie nehmen darum schnell Reißaus
und verstecken sich im Schilfe,
schreien dort noch laut um Hilfe.

Nun bellt ihn auch ein Hund noch an,
sodass er sich nur fürchten kann.
Unser Frosch, nun hat er's satt,
flieht unter's nahe Lotusblatt.

Doch Wehe dem, der Böses tut,
das geht doch wirklich niemals gut.
Denn eine Ziege hat gesehen,
was am Teich so war geschehen.

Sie eilte darum schnell herbei,
mit großen Sprüngen, eins, zwei, drei.

Der Tiere Freude, die war groß,
denn – mit einem kleinen Stoß,
stieß sie den Mann, samt seinem Hund,
hinab bis auf des Teiches Grund.

Und du siehst, durch seinen Hass
wird man eines – und zwar nass!

__Stephanie Eckhardt:__ Bereits in ihrer Kindheit hat sie erste Gedichte zu verschiedenen Themen geschrieben. Während des Studiums und ihrer beruflichen Tätigkeit hat sie immer wieder im Bereich Öffentlichkeitsarbeit Erfahrungen gesammelt und diverse Fach- und Zeitungsartikel sowie Texte für Homepages formuliert. In der Mitgliederzeitschrift ihres Unternehmens wurde bereits eines ihrer Gedichte veröffentlicht. Zwei weitere Gedichte wurden von Papierfresserchens MTM-Verlag im Buch „Miezefeine Mausgeschichten" veröffentlicht.

Die Mutprobe

Wie hatte sie sich nur darauf einlassen können? Auf diese blöde Wette! Und dann noch mit diesen dummen Jungs, die gerade mal ein knappes Jahr älter waren als sie. Aber sie konnte es auf den Tod nicht leiden, dass die immer behaupteten, sie könnten alles viel besser, seien viel stärker und vor allem mutiger. Mutiger als sie! Das war ganz und gar nicht akzeptabel. Was die konnten, konnte sie schon lange! Davon war sie überzeugt!

Na ja, nicht immer, nicht so ganz, und tief im Inneren auch nicht ganz so sicher. Aber das würde sie denen niemals zeigen und darum war ihr gar nichts anderes übrig geblieben, als zu behaupten, sie könne schließlich vom Fünfer springen, was die sich ja wohl nicht trauen würden!

Sie hatte es genossen, als sie sah, dass einer die Luft anhielt, der andere anerkennend durch die Zähne pfiff. Doch ein dritter zweifelte: „Du mit deinen gerade mal zwölf Jahren?"

„Fast dreizehn", verbesserte sie ihn.

„Trotzdem", erwiderte er, „das musst du uns schon beweisen!"

„Ja, beweise es uns", schrien alle.

Und so stand sie nun auf diesem Fünfmeterturm.

Als sie die Stufen hinaufgegangen war, hatte ihr Herz so wild geklopft, dass sie dachte, es würde jeden Augenblick zerspringen. Bei jeder Stufe höher beschlich sie das Gefühl von Angst. Angst vor der Höhe oder vor der Tiefe? Oder war es ein und dieselbe Angst?

„Bloß nicht in die Tiefe schauen, immer nur auf die nächste Stufe", hatte sie sich bei jedem weiteren Schritt gesagt, gleichzeitig hatte aber die bange Frage von ihr Besitz ergriffen: „Was ist, wenn ich oben angekommen bin?"

Jetzt war sie angekommen. Krampfhaft hielt sie sich fest am Geländer der Treppe. Sie schaute in die Weite. Das half. Wenigstens so konnte sie einmal tief durchatmen. Dann entdeckte sie ihn, den Jungen aus einer der höheren Klassen, mit dem sie noch kein einziges

Wort gewechselt hatte und für den sie dennoch schwärmte. Auch das noch! Er saß auf den Stufen, die ins Becken führten, und schaute ebenfalls nach oben.

Oje, was würde der nun von ihr denken? Voller Scham hätte sie sich am liebsten in Luft aufgelöst. Und jetzt auch noch die drängenden Rufe von unten: „Springen, springen, springen!"

Jetzt nur nicht in Ohnmacht fallen, vielleicht sogar vom Turm … Und dann …, wohin?

Nein, nein, die Kontrolle durfte sie auf keinen Fall verlieren. Was war nun schlimmer? Die Höhenangst, verbunden mit einem schrecklichen Schwindel, oder der Sprung ins Wasser und nicht zu wissen, wie das ist, tief ins Wasser einzutauchen, vielleicht bis auf den Grund zu kommen, vielleicht dort sogar aufzuprallen? Und dann? Tot? Oder wenn sie nicht mehr an die Oberfläche kommen konnte? Würde sie hilflos ertrinken, ganz allein dort in der Tiefe? Würde jemand sie retten? Oder wären die anderen schadenfroh: „Geschieht ihr recht so mit ihrer großen Klappe!" Vielleicht wäre es ja möglich, rückwärts ganz langsam wieder runterzusteigen, Stufe für Stufe …?

Innerlich schüttelte sie den Kopf. Nein, damit würde sie sich zum Gespött der ganzen Clique machen! Und auch er würde über sie lachen und auf keinen Fall etwas mit ihr zu tun haben wollen. So schrecklich wie jetzt hatte sie sich in ihrem ganzen Leben noch nicht gefühlt! Was sollte sie nur tun?

Plötzlich wurde sie ganz ruhig, dachte daran, wie sie schwimmen gelernt hatte. Voller Vertrauen war sie ganz einfach vom Beckenrand ins tiefe Wasser gehüpft. Sie wusste, dass ihre große Schwester sie auffangen und sicher zum Beckenrand geleiten würde. Wenn die doch jetzt hier sein könnte an ihrer Seite, dann wäre sie nicht so allein!

Und dann spürte sie, dass tatsächlich jemand hinter ihr stand und leise sagte: „Du hast Angst, nicht?"

Sie nickte. Ja, diese Kröte musste sie schlucken, dass sie eben nicht so stark und mutig war, wie sie immer behauptet hatte, dass sie sich nun ängstlich und hilflos fühlte und jemanden brauchte, der ihr half, aus dieser schrecklichen Situation wieder rauszukommen. Wer hatte zu ihr gesprochen? Die Stimme kam ihr irgendwie bekannt vor. War er es, kam er ihr zur Hilfe?

Ihr fiel ein, dass sie damals, am Anfang ihrer Spring- und Schwimmübungen manchmal doch ein bisschen zögerlich und ängstlich gewesen war und die Schwester immer aufmunternd gesagt hatte: „Ach, sei doch kein Frosch!" Was so viele bedeutete wie: „Nun hab mal nicht so viel Angst! Trau dich!"

Als habe er, der hinter ihr stand, ihre Gedanken gelesen, nahm sie sein Kopfschütteln wahr, als würde er sagen: „Du? Nein, du bist doch kein Frosch!" Dann war es, als küsse er zart ihre Wange und flüstere ihr liebevoll ins Ohr: „Hallo Prinzessin!"

Das war ja wie in der Geschichte vom Froschkönig, nur umgekehrt. Jetzt hatte sie wieder Herzklopfen, aber ein anderes als beim Hinaufsteigen der Stufen, jetzt war es ein freudig Aufgeregtes.

Was würde als Nächstes passieren?

Würde er gemeinsam mit ihr springen?

Sie bei der Hand halten?

Oder würden sie fliegen, auch Hand in Hand, gemeinsam bis in den Himmel?

Erstaunlich, obwohl sie eine Kröte geschluckt und Angst gehabt hatte, ein Frosch zu sein, fühlte sie sich in diesem Augenblick sonderbar glücklich, so voller Freude und gespannt auf das, was kommen würde. Zum ersten Mal in ihrem Leben hatte sie einen Kuss bekommen von einem Jungen, den sie so richtig toll fand, für den sie so lange geschwärmt hatte.

Ja, und er hatte sie Prinzessin genannt …

Das bedeute vielleicht …?

Er war in sie verliebt?

Sie war in ihn verliebt?

Vielleicht beide in einander?

Was war das nun, ein wahr gewordenes Märchen, ein Wunder oder ein Traum, aus dem sie gleich aufwachen würde?

Angelika Holderberg, Analytischen Kinder- und Jugendlichen-Psychotherapeutin, ist als Dozentin und Supervisorin in der psychoanalytischen Ausbildung sowie in der Weiterbildung der analytischen Paar- und Familientherapie tätig. Sie lebt in Hamburg, liest und schreibt gerne, hat eine Tochter und drei Enkelkinder, denen sie begeistert vorliest und für die sie jetzt auch Geschichten erfindet.

Küss mich!

Das war mein Traum. Geküsst zu werden und sich in einen Prinzen zu verwandeln. Aber zurück zum Anfang …

Meine Vorfahren, ein adliges Froschgeschlecht namens de Grenouille, lebten gefährlich. Frösche leben immer gefährlich, aber für meine Urahnen in Frankreich war es die kulinarische Vorliebe der Franzosen für Froschschenkel, die sie bedrohte. Nicht nur war die Entfernung der Froschschenkel äußerst schmerzhaft und letal, sondern es bestand auch die Gefahr, dass ihr Zweig der de Grenouilles aussterben würde. Deshalb beschloss mein Urahn, nach Osten auszuwandern. Ihm war bekannt, woher auch immer, dass die Deutschen keine besondere Vorliebe für Froschschenkel hatten. Die Emigration glückte, die Integration seiner Familie in die tierische Gemeinschaft am hessischen Weiher ebenso.

Jahrzehnte später hörte mein Vater von dem seltsamen Märchen der Brüder Grimm, in dem sich ein Frosch in einen Prinzen verwandelte, als die Prinzessin ihn küsste. Uns Kindern erzählte er die Geschichte besonders gern. Damit war mein Lebenstraum geboren. Mir wurde schnell klar, dass Träumen allein nichts bewirkt. Ein Plan musste her.

Im nächsten Frühling, als die Menschen begannen, in der Natur lustzuwandeln, versteckte ich mich unter dem Blatt einer Seerose und wartete auf das erste schöne Mädchen, das sich zu mir herabbeugte, um die Pflanze zu betrachten. Damit sie mich küsste, musste ich ihr mit Schwung ins Gesicht hüpfen. Der Sprung gelang. Sie schrie auf, rief: „Igitt!", und entfernte sich so schnell wie möglich.

Mein zweiter Anlauf scheiterte ebenso. Ich versuchte, von einem Jungen geküsst zu werden, der Frösche für sein Aquarium sammelte. Vielleicht würde ich eine Prinzessin. Prinz oder Prinzessin, das war mir gleich. Jedes Menschenleben schien mir besser als mein Froschdasein. Das Schicksal würde entscheiden. In diesem Fall entschied es sich gegen mich. Der Junge hatte bereits Würmer, Kröten und meine

Tante Herta in seiner Beutetüte. Da verzichtete ich auf das gefährliche Kussmanöver.

Ein besserer Plan war nötig. Ein Angler wäre doch ein guter Kusspartner. Angler waren oft lange am Weiher, sie standen meist ruhig da und beugten sich hin und wieder vor, um nach ihren Ködern oder Fischen zu sehen. Ich suchte mir wieder ein Seerosenblatt als Startrampe und wartete auf meinen Traumprinzen. In der Morgensonne des Frühlingstages näherte er sich, sah sich um und bereitete sich aufs Angeln vor. Die Angel im Wasser saß er entspannt am Ufer. Ich nahm Anlauf und sprang ihm ins Gesicht. War Küssen nicht auch ein Reflex? Er öffnete jedoch vor Schreck den Mund und *Schwupps* war ich in seinem Mund gelandet wie Jonas im Bauch des Wals.

Er würgte und spuckte mich wieder aus. „Was war das denn?", fragte er fassungslos.

Bei der Aktion hätte er mir beinahe den linken Froschschenkel abgebissen. Ich war so froh, unversehrt wieder am Ufer zu hocken, dass ich auf der Stelle meinen Traum begrub. Lieber ein lebendiger Frosch am Weiher als ein toter Frosch in irgendwelchen Mundhöhlen. Küssen war doch schwieriger als gedacht. Und mein Anglerprinz konnte ab diesem Tag mit Fug und Recht behaupten, er habe einen Frosch im Hals gehabt. Dass ihm dabei das Glück seines Lebens entgangen war, das wusste er nicht. Ich wäre eine zauberhafte Prinzessin für ihn gewesen. Allerdings hatte er ab dem Tag dem Spitznamen Froschkönig, denn natürlich glaubte ihm niemand seine Geschichte.

Monika Link, *pensionierte Berufsschullehrerin. Veröffentlichungen in Anthologien 2023 „Regionale Schlossgeschichten", „Wenn jemand eine (Zug-)Reise tut.*

Der Froschkönig

Eine schöne Prinzessin – ein Königskind –
lief eines Morgens in den Garten geschwind,
um mit ihrer goldenen Kugel zu spielen
und Sonnenstrahlen auf der Haut zu fühlen.

Das Mädchen setzte sich unbekümmert
im Garten auf des alten Steinbrunnens Rand,
mit einer in der Sonne glänzenden Kugel
in seiner zarten, blassen Prinzessinnenhand.

Plötzlich entglitt ihr die wertvolle Kugel.
Sie plumpste in den bemoosten Brunnen hinein.
Entsetzt schaute ihr die Prinzessin nach.
Sie verschwand in der Tiefe im Wasserschrein.

Die Prinzessin erschrak und war verstört,
war doch ihre goldene Kugel Millionen wert.
Was würde sie ihren Eltern bloß sagen,
wenn diese sie nach der Goldkugel fragen?

Das Mädchen überlegte noch hin und her,
als ihm plötzlich ein Frosch kam in die Quer.
Er fragte es spontan, was es davon hält,
wenn er sich ihm helfend zur Verfügung stellt.

Er schielte die Prinzessin an, verstohlen.
Die Kugel wollte er aus dem Brunnen holen.
Doch gratis sollte seine Arbeit nicht sein.
Er fühlte sich im Brunnen einsam und allein.

Deshalb schlug er der Königstochter vor:
„Öffne mir als Dank für Euer Schloss das Tor!
Ich möchte gerne von deinem Teller essen,
in deinem Bett schlafen, nicht zu vergessen."

Die Prinzessin schaute ins Froschgesicht
und wusste sofort: „Das wollte sie aber nicht!"
Doch blieb ihr letzten Endes keine Wahl,
denn die Eltern warteten auf sie im Rittersaal.

So sagte sie: „Ja!" zu des Frosches Plan
und dieser fing sogleich mit seiner Suche an.
Er tauchte ab in des Brunnens tiefe Wogen.
Ins Gras flog die Goldkugel im hohen Bogen.

Die Königstochter nahm sie hocherfreut.
Weiterspielen wollte sie aber nicht mehr heut'.
Der Frosch rief ihr noch einen Satz nach,
weil ihm die Prinzessin ein Essen versprach.

Doch diese tat so, als höre sie ihn nicht,
hatte bereits von ihm abgewendet ihr Gesicht.
Sie lief ins Schloss – es war Mittagsstunde –,
wo sich die Familie versammelte in der Runde.

Als die Königstochter endlich zu Tische saß
und Gutes von ihrem goldenen Tellerchen aß,
klopfte es an des Saales massive Eichentür.
„Prinzessin!", rief es laut. „Belohne mich dafür!"

Wer konnte das wohl sein zu dieser Stunde?
Der König sah fragend in des Tisches Runde.
Er bat den Diener, den Gast hereinzulassen,
und konnte das, was er dort sah, nicht fassen.

Dem König saß ein nasser Frosch zu Füßen.
Er platschte zur Prinzessin, ohne ihn zu grüßen.
Nachdem er das gute Essen hatte gerochen,
erinnerte er sie: „Was hast du mir versprochen?"

Sie tat, als würde sie den Gast nicht kennen.
Ihr Vater bestand darauf, den Grund zu nennen,
warum der Wasserplatscher vor ihr stand
und auf die goldene Kugel starrte in ihrer Hand.

Nun erfuhr der König die ganze Geschichte,
denn der Frosch brachte die Wahrheit ans Lichte.
„Man muss schon halten, was man verspricht!",
sagte der König. „Vergessen darf man das nicht!"

Mit zwei Fingern hob sie ihn auf den Tisch.
Dort aß der Frosch genüsslich von ihrem Fisch.
Sie ekelte sich und rannte geschockt davon.
Ihr Vater, der König, setzte sich auf den Thron.

Als der Frosch sagte, dass er schlafen will,
wurde es um ihn herum mucksmäuschenstill.
Die Prinzessin war inzwischen kreidebleich,
verfluchte laut den Frosch und das Königreich.

Doch der König, der auf ihr Wort bestand,
sagte zu ihr: „Reiche dem Frosch deine Hand.
Führe ihn in dein Zimmer, lege ihn ins Bett,
dass er es kuschelig warm hat und richtig nett!"

Nur widerwillig gab sie der Forderung nach.
Aber statt den Frosch zu legen ins Bettgemach,
packte sie ihn im Schlafzimmer mit der Hand
und warf ihn an die gegenüberliegende Wand.

Es tat einen Schlag, als der Frosch von oben
fallend als Prinz landete auf dem Bretterboden.
Er erhob sich galant in einem edlem Gewand
und küsste der schönen Königstochter die Hand.

Der Zauber war durch ihre Reaktion gebrochen.
Die Prinzessin wurde dem Prinzen versprochen,
da er der Richtige war, geradezu auserwählt.
Bald darauf wurden sie auf dem Schloss vermählt.

Sieglinde Seiler *wurde 1950 in Wolframs-Eschenbach, der Stadt des Minnesängers Wolfram von Eschenbach (Bayern), geboren und ist von Beruf Dipl. Verwaltungswirt (FH). Sie lebt mit ihrem Ehemann heute in Crailsheim (Baden-Württemberg). Seit ihrer Jugend schreibt sie Gedichte. Später kamen Aphorismen, Märchen und Prosatexte hinzu. Ferner fotografiert sie gerne. Gedichte, Geschichten und Märchen wurden in diversen Anthologien veröffentlicht.*

Nicht die geringste Chance

Ich segele über die tiefblaue und weite Masurenplatte. Der Blick auf die im Sonnenlicht glitzernden Seen und Flussläufe mit den Waldgebieten unter mir ist traum-, nein, märchenhaft. Hier ist die Natur noch weitestgehend unberührt. In Mazury, wie es eigentlich heißt, gibt es keine Hochhäuser und Fabriken wie bei uns in Frankfurt. Opa hat mir erzählt, dass die Seenplatte mit den warmen Sommern und eiskalten Wintern aus sage und schreibe mehr als dreitausend Seen, kleinen Flüssen und Kanälen besteht. Erst wollte ich ihm das gar nicht glauben. Aber es stimmt tatsächlich.

Meine Flügel tragen mich heute über grün leuchtende Wälder und Wiesen. Ich fühle mich wie der König der Lüfte. Majestätisch und erhaben. Stundenlang könnte ich hier oben kreisen und die Stille genießen. Ich bin in meinem Element. Meine gelbbraunen Augen erspähen jedes Detail am Boden.

Da ist zum Beispiel der graue und kräftige Wolf, der durch den Wald streift. Jetzt hält er inne. Heult er? Nein, er fletscht nur für einen kurzen Moment seine großen Fangzähne. Das Mädchen mit der knallroten Kappe, das gerade wenige Meter weiter durch den Wald mit den Blumenwiesen strolcht, bemerkt ihn nicht. Es freut sich darauf, endlich seine Großmutter zu besuchen.

Mein Blick wandert weiter. Ich entdecke hinter einer Lichtung den Jäger in seinem olivgrünen Anzug. Der schwarze, metallische Lauf seines Gewehrs glänzt in der Mittagssonne. Noch ahnt er nicht, dass er bald dem gefährlichen Wolf den Bauch mit einem Messer aufschneiden wird.

Ich fliege weiter durch diese märchenhafte Landschaft und entdecke Hänsel und Gretel. Das ungleiche Geschwisterpaar sammelt Reisig für das Feuer, das der Vater anzünden will. Noch wissen die beiden Kinder nicht, dass sie schon sehr bald auf sich gestellt sein werden. Die böse Hexe, der sie begegnen werden, ist gefährlich und nicht zu unterschätzen. Ah, da hinten ist auch schon ihr Knusperhäuschen. Wahrscheinlich kocht die Alte mit den roten Augen und der krummen Nase gerade in ihrer Hexenküche. Was es wohl gibt? Krötensuppe? Aus dem Kamin des Häuschens steigt jedenfalls schwarzer Qualm.

In einem Teich quaken Frösche laut. Nein, keiner von ihnen wird jemals die goldene Kugel der Prinzessin retten und sich später in einen König verwandeln. Schade eigentlich!

Mit meinen riesigen Schwingen geht es weiter durch die hohen Lüfte. Mal bewegen sich meine gigantischen Flügel weit nach unten, mal nach oben. Es gibt viele Vogelarten, die mich um meine Flügel-spannbreite beneiden. Ja, ich gebe es zu. Ich bin stolz auf mich und meinen Körperbau. Und ich genieße die Freiheit über den Wäldern und Seen wie ein Paradies. Hier fühle ich mich zu Hause.

Am Boden erspähe ich jetzt etwas Helles. Es ist das Kleid eines Kindes, das wunderschön ist. Das Mädchen mit den langen Haaren sieht allerdings alles andere als glücklich aus. Es ängstigt sich, obwohl es gar nicht alleine ist. Der Mann an seiner Seite ist ein Jäger. Er soll das Kind im Wald töten und der bösen Königin zum Beweis das Herz des Mädchens vorlegen. Zum Glück wird es dazu nicht kom-men. Denn der Jäger wird Schneewittchen bald frei lassen.

„Alicija, träumst du? Ihr solltet doch einen Spielplatz mit Kindern malen und nicht irgendeine Landschaft mit Bäumen, Seen und Mö-wen." Frau Richter schüttelt den Kopf. Sie kratzt sich hinter dem Ohr. Das macht sie immer, wenn sie nachdenkt.

„Aber da kann man ganz toll spielen. Wirklich!", widerspreche ich. „Da kann man so richtig in andere und ganz bunte Welten abtau-chen. Das ist der reinste Märchenwald, Frau Richter. Einen schöne-ren Spielplatz gibt es gar nicht", schiebe ich begeistert nach. „Und außerdem ist das auf meinem Bild keine Möwe, sondern ein ausge-wachsener Seeadler. Das sieht man doch allein an der Größe und an den braunen Federn", füge ich leise hinzu.

Meine Grundschullehrerin mit dem Doppelkinn, der dicken Warze auf der Wange und den ekligen Glupschaugen starrt lange auf mein Bild. Ob die Fantasie mit mir durchgegangen sei, will sie schließlich wissen. Ihre Stimme klingt alles andere als freundlich. „Keine Spiel-geräte, kein Sandkasten, keine Kinder! Du hast definitiv das Thema verfehlt, Alicija", gibt sie mir unmissverständlich zu verstehen.

Die Farben, die ich erst nach langem Überlegen und mit viel Geduld angemischt habe, gefallen ebenso wenig. Frau Richter runzelt die Stirn. „Du hast überhaupt kein Farbgefühl, Alicija. Da sind viel zu viele grünbläuliche Schattierungen drin und gar keine Gelb- und Rottöne", meint sie. „Außerdem fehlen mir die Kontraste."

Die Lehrerin hebt nun meinen Zeichenblock hoch, um das Bild den anderen Schülern zu zeigen. Sie dreht sich dabei langsam im Kreis herum. „Was sagt ihr?", fragt sie in die Runde. „Ist das ein Spielplatz mit Kindern oder ein nicht gelungenes Landschaftsbild?"

„Frau Richter, das Russen-Ghetto, wo die Alicija wohnt, ist die reinste Betonwüste. Da spielen gar keine Kinder. Auf den Minispielplatz von denen scheißen nur die Hunde", antwortet Simon sofort. Er hat immer ein großes Mundwerk und in unserer Klasse leider das Sagen.

„Und die Russen hängen da morgens schon besoffen rum. Nastrovje!", ergänzt sein Freund Jonas. Jetzt mimt er auf seinem Stuhl einen Betrunkenen. Er verdreht die Augen mehrmals und sackt auf seinem Stuhl zur Seite, bis er auf den Boden zu fallen droht. „Nastrovje!", lallt er nochmals.

Die halbe Klasse prustet los, Jonas setzt noch einen drauf. „Und wenn sich die Russen da prügeln, haben alle blaugrüne Veilchen im Gesicht. Deswegen malt die Alicija in so bescheuerten Farben."

Jetzt grölen fast alle. Ich hingegen erstarre.

„Jonas und Simon, Schluss damit! Ich finde das gar nicht lustig", sagt die Lehrerin bestimmt und mit klarer Stimme. „Und im Übrigen kommt Alicijas Familie, wenn ich mich nicht irren sollte, nicht aus Russland, sondern aus Polen, oder? Ihr seid doch eine von den vielen Spätaussiedler-Familien, die sich noch vor der Wende auf den Weg gemacht haben, oder?"

Ich nicke mit hochrotem Kopf, schlucke und halte die Tränen zurück.

Meine Grundschullehrerin sieht mich eindringlich an. „Ich wiederhole trotzdem meine Frage, Alicija. Wo bitte schön sind auf deinem Bild spielende Kinder?" Ihre Glupschaugen starren mich böse an.

Unsicher greife ich nach meinem Zeichenblock, den die Kunstlehrerin mir entgegenhält. Ich lege ihn vor mich auf den Tisch und atme tief durch.

„Ich warte, Alicija." In der Stimme von Frau Richter schwingen Ungeduld und Unverständnis mit.

„Also …", stottere ich. „Die Kinder sieht man nicht, weil überall um sie herum grüne Sträucher und hohe Bäume sind. Dieser Spielplatz in Masuren ist einfach riesengroß. Ganz anders als hier. Vielleicht spielen die Kinder da Verstecken. Oder sie klettern auf Bäume und bauen sich gerade ein Baumhaus. Vielleicht wollen sie aber auch nur die Vögel beobachten. In Masuren gibt es ganz viele Arten. Nicht nur Seeadler, sondern auch Kraniche, Kormorane, Schwalben, Enten und noch viele mehr. Ein Vogelparadies. Und einige von ihnen versuchen bestimmt gerade, in den Seen Kaulquappen zu fangen."

Frau Richter und die anderen wirken wenig überzeugt. Jonas verdreht schon wieder gefährlich die Augen. Das verheißt nichts Gutes. „Oh Mann, jetzt dreht die Alicija völlig ab", stöhnt er. „Menschen, die man nicht sieht? Unsichtbare Baumhäuser? Ein Vogelparadies? Nee, ich habe es schon immer gewusst. Die Alicija hat doch einen Knall oder besser gesagt einen Vogel. Deswegen auch das Vogelparadies." Jonas schlägt sich mit der Hand vor die Stirn.

In vielen Gesichtern macht sich ein Grinsen breit. Hier und da wird getuschelt und gelacht.

„Oder wollen die Kinder in Alicijas Wald selber vögeln?" Luca lacht laut über seinen eigenen dreckigen Witz. Frau Richter muss nicht nur ihn mehrmals um Ruhe bitten.

Ich nehme das alles nur noch am Rande wahr. Die Tränen verschleiern meinen Blick. Am liebsten würde ich mich in Luft auflösen oder wieder der Adler von vorhin sein. Der König der Lüfte, der majestätisch und erhaben alles von oben und mit ganz viel Abstand betrachtet. Es gelingt mir nicht.

In Mazury hat es jetzt angefangen zu regnen. Die Regentropfen verteilen sich über mein Bild. Sofort verwische ich die Tränen mit meinem Zeigefinger und greife nach dem Pinsel. Ich frische die verwässerten Farben auf, male den Adler neu. Größer. Mächtiger. Gefährlicher. Ich zeichne trotzig Kinder in bunten Anoraks und mit lachenden Mündern, die sich trotz des Regens gemeinsam ein Baumhaus bauen. Mehr und mehr nehmen die Figuren Gestalt an.

Plötzlich sehe ich meine Freunde neben mir im Wald stehen. Den braunhaarigen Kacper, Milena mit ihren glasklaren blauen Augen und die rothaarige Zofia nageln Bretter zusammen. Das Haus, das uns vor Wölfen, Dämonen und anderen Gefahren schützen soll, wächst von Minute zu Minute, bis es zwei Fenster, ein Dach aus Ästen und einen Holzzaun hat. Hoch oben schaukelt es in der Baumkrone. Es ist nur über ein Seil, an dem wir Kinder uns hochziehen müssen, um die Äste des Baums zu erreichen. Fertig!

Ich betrachte mein Kunstwerk kritisch und bessere an einigen Stellen nach. In meinem Federmäppchen suche ich nach dem roten Filzstift.

KEIN ZUTRITT FÜR ERWACHSENE! schreibe ich in großen Buchstaben auf den Zaun.

Ich schließe die Augen, stelle mir vor, wie Kacper, Milena, Zofia und ich in dem Baumhaus sitzen und fast in der Luft schweben. Wie Vögel, die die Weite der Landschaft und ihre Freiheit genießen. Für meine Klassenkameraden und vor allem für die Welt von Frau Richter ist dort kein Platz.

„Alicija?" Der Ellbogen meiner Tischnachbarin Anne trifft mich hart. „Was ist los mit dir? Bekommst du heute gar nichts mit? Wir müssen abgeben. Es hat schon längst zur Pause gegongt."

Ich nicke meiner Banknachbarin mechanisch zu und schreibe schnell meinen Namen auf die Rückseite des Bildes.

„Hast du Lust, heute nach den Hausaufgaben zu mir zu kommen?", fragt mich Anne währenddessen. „Ich habe zwar kein Baumhaus, aber eine tolle Höhle unter meinem Hochbett. Mit ganz vielen Tüchern, Kissen und einer Lichterkette. Hat mein Papa mir gebaut." Anne lächelt mich an.

„Gerne", versichere ich. Meine Augen strahlen, mein Herz hüpft vor Freude. Ich bin überwältigt. Das beliebteste Mädchen aus unserer Klasse hat mich gerade zu sich nach Hause eingeladen. Ich schnappe mir unsere beiden Spielplatzbilder und bringe sie gemeinsam zum Lehrerpult.

Frau Richter nickt anerkennend, während sie Annes Abenteuerspielplatz mit den vielen Holzhütten, der Spielwiese und dem Naturgarten begutachtet. Mein riesiger Adler scheint ihr dagegen Angst zu machen. Sie wirkt jedenfalls angespannt und sieht aus wie ein Vogel, dem die Flügel gestutzt wurden.

Nein, als ich sie genauer betrachte, erinnert sie mich sogar an einen Vogel ohne Flügel. Die arme Frau! Und jetzt kneift Frau Richter auch noch ihre giftgrünen Glupschaugen zusammen. Ahnt sie, dass

ich gerade dabei bin, sie in eine fette, schleimige und aufgedunsene
Kröte mit runzeliger Haut zu verwandeln, die gegen den Adler im
Sturzflug nicht die geringste Chance hat?

Ulli Krebs, *wohnhaft in Norddeutschland, 1965 in Düsseldorf geboren,
Studium Sozialarbeit, Journalismus und PR, als freie Redakteurin tätig,
Hobbyautorin, Veröffentlichungen von Gedichten und Kurzgeschichten
in verschiedenen Anthologien sowie Publikation eines Regionalkrimis.*

Kröten

müssen nicht schmecken

Es war einer jener Tage, die in den meisten Fällen im absoluten Chaos endeten. Dennoch hatten wir es oft geschafft, genau das zu verhindern – und wir waren schon etwas stolz darauf.

Seit fünf Jahren arbeitete ich in dem Laden als stellvertretende Filialleitung. Mit meinen fünfundzwanzig Jahren war ich eine der Jüngsten, doch ich hatte mir diese Stellung erarbeitet. Zunächst wollte ich das gar nicht machen, denn ich hatte keine Lust auf eventuell aufkommende Konflikte mit den Kollegen und der ganzen Verantwortung, die ein solcher Job mit sich brachte. Dennoch haben meine Chefs mich im Laufe der Zeit in diese Position geschoben.

Je länger ich dabei war, desto mehr lernte ich die Freiheiten dieser Arbeit zu schätzen. So arrangierte ich mich damit und nahm den angebotenen Vertrag an, da ich bis dahin noch das Gehalt einer Verkäuferin bekam, denn meine monatlichen Stunden wurden hochgesetzt.

Wir waren insgesamt drei Stellvertretungen – Calvin, Ian und ich. Ian war der Älteste und hatte immer einen lockeren Spruch auf den Lippen. Am Anfang war er mir sehr suspekt gewesen, denn ich kannte ihn nicht. Doch er war ein feiner Kerl mit einem wirklich großen Mundwerk. Man durfte ihn sich nur nicht zum Feind machen.

Calvin dagegen war sehr ruhig und in meinem Alter. Er war stets besonnen und handelte überlegt. Selten erlebte ich ihn gestresst. Alles sah bei ihm leicht und elegant aus. Zudem sah er hervorragend aus. Der Traum jeder Schwiegermutter, ein absoluter Sunnyboy. Ian und ich zogen ihn gern damit auf. Zum Glück konnte er darüber herzhaft lachen und antwortete immer nur mit dem lapidaren Spruch, er hätte gute Gene.

Wir drei waren ein eingeschworenes Team und genau dieser Umstand passte unserer Chefin nicht. Auch wenn sie nie direkt etwas sagte, die Spitzen, die sie verteilte, und die Blicke, die sie uns zuwarf, bedeutete nichts Erfreuliches. Dadurch wurden wir bedeutend vorsichtiger und versuchten, uns so gut es ging aus dem Weg zu gehen.

Doch wenn man miteinander arbeitete, war das gar nicht so einfach. An einem Donnerstagabend war Ian im Laden und ich kam zufällig vorbei. Mein Pferd stand in einem Stall nicht weit weg und so machte ich ab und an einen Abstecher dorthin, wenn ich noch etwas benötigte. Ich zog mich nie um, da ich weder mit dem Geruch noch mit der Kleidung ein Problem hatte.

„Joulina, was machst du denn hier?", fragte er verdutzt, als er gerade Pappe wegräumte.

„Einkaufen. Auch Menschen, die im Einzelhandel arbeiten, brauchen ab und an etwas zu essen", erklärte ich lachend und wollte an ihm vorbeigehen.

„Hast du einen kurzen Moment?"

Ich blieb stehen und betrachtete ihn. Er sah ernst aus. „Ja, sicher. Was ist los?"

„Nicht hier." Er warf die Pappe in den dafür vorgesehenen Wagen. „Komm mit ins Büro."

Dort angekommen, schloss er sogar die Tür. Solch ein Verhalten war absolut untypisch für ihn.

„Ian, was ist los?", fragte ich alarmiert. In mir braute sich ein ungutes Gefühl zusammen. Hier stimmte etwas nicht.

Er ließ sich auf den Bürostuhl fallen und rieb sich mit der Hand durchs Gesicht. „Du weißt, dass ich der Müller nicht traue, oder?", hakte er nach und sah mich forschend an.

„Ja, sicher. Damit bist du ja nicht allein, wie du weißt. Cal und mir geht es nicht anders. Warum?"

„Sie hat die Zahlen gefälscht."

„Bitte?"

Am Rechner rief er Listen auf. „Schau mal da. Die hat sie eingetragen." Ich nickte, denn ich kannte ihre Handschrift. Sie machte ein paar Haken an Zahlen, die von uns niemand eintrug. Eine weitere Tabelle erschien auf dem Bildschirm. „Das sind aber die tatsächlichen."

Ich überflog diese und mir blieb der Mund offen. „Ach, du heilige Nudel!", stieß ich aus. Einen Moment war ich sprachlos. Dann rutschte mir ein herzhaftes: „Scheiße", heraus.

Bedrückt sah er mich an. „Du weißt, was das bedeutet, oder?"

Ein Nicken meinerseits. Jetzt rieb ich mir durchs Gesicht. „Was willst du tun?", fragte ich mit leiser Stimme.

In diesem Moment gingen mir so viele Gedanken durch den Kopf, dass ich es gar nicht hätte in Worte fassen können, selbst wenn ich gewollt hätte.

„Es gibt nur zwei Möglichkeiten: Schweigen und sie weitermachen lassen oder wir melden es.“

„Pest oder Cholera“, sagte ich schließlich. „Schweigen wir, sind wir dran, wenn es herauskommt, weil es auch in unserer Verantwortung liegt. Melden wir es, sind wir genauso dran.“

„Richtig.“

Ich seufzte. „Mir fällt die Entscheidung nicht leicht, aber ich möchte nicht meinen Job riskieren, damit sie sich retten kann. Die Zahlen sind unfassbar. Allein, was das an Verlusten bedeutet, mag ich mir gar nicht vorstellen.“

„Ich auch nicht.“ Er schloss die Seiten. „Redest du mit Cal? Du siehst ihn doch ohnehin morgen früh, oder?“

„Ja, werde ich. Aber wir müssen uns alle drei zusammensetzen und besprechen, wie wir das machen. Das wird einen riesigen Knall geben und wird die Müller vermutlich ihren Job kosten.“

„Ich weiß. Wir werden alle nicht heil aus der Nummer herauskommen“, bemerkte er.

„Nein. Aber lieber bin ich verwundet, als tot und ich denke, das sehen Cal und du ebenso.“

Er nickte, dann stand er auf. „Ich komme morgen früh um acht Uhr her. Bis dahin ist die Müller ja ohnehin noch nicht da. Auch wenn sie frei hat, die hängt ja oft genug trotzdem hier herum.“

Eine gute Nacht hatte ich nicht. Immer wieder ging ich gedanklich die verschiedenen Möglichkeiten durch, doch wir hatten nur diese beiden. Ich war wütend, dass ein Mensch, mit dem man arbeitete und den man als Chef ansehen musste, so einen Betrug begehen und andere noch hineinziehen konnte. Es war mir unbegreiflich.

Cal sah am nächsten Morgen genauso übernächtigt aus wie ich, obwohl er noch nichts von dem Geschehen wusste. Diese Uhrzeit war nicht seine Welt.

„Hast du einen Moment?“, fragte ich ihn wie nebensächlich, nachdem wir die Paletten der morgendlichen Obst- und Gemüselieferung in die Gänge gefahren hatten. Wir waren ein eingespieltes Team, daher war dies zügig erledigt.

Verwundert sah er mich an, dann nickte er. Unsere Mitarbeiter würden eine Zeit ohne uns zurechtkommen, dessen war ich mir sicher.

Ich machte uns einen Kaffee und wie am Abend zuvor auch ging ich mit ihm ins Büro und schloss die Tür.

„Was ist los?", fragte er direkt. Er kannte mich gut genug, um zu wissen, dass etwas vorgefallen sein musste.

In kurzen Sätzen erklärte ich ihm die Sachlage. Sein Gesichtsausdruck wurde immer ungläubiger. Dann seufzte er. „Das kann bitte nicht wahr sein", stöhnte er auf. „Du weißt, was das bedeutet, oder?"

„Sicher. Doch sollen wir sie weitermachen lassen?"

„Auf keinen Fall."

„Ian kommt gleich, damit wir zu dritt besprechen können, was wir tun", erklärte ich etwas hilflos. Ich fühlte mich grässlich. Für dieses Unternehmen hatten wir so viel Zeit und Nerven geopfert. Wir hatten den Ehrgeiz, einen guten Job zu machen. Nach bestem Wissen und Gewissen hatten wir stets gearbeitet und doch würden wir genauso mit in der Patsche hängen wie diejenige, die den Schlamassel verursacht hatte.

„Das wird sie den Job kosten", bemerkte er hart. Über den Ausdruck in seinem Gesicht erschrak ich. Der sonst so liebe und gutmütige Cal zeigte aufgrund der Situation eine ganz andere Seite an sich. Hart, unnachgiebig und wirklich sauer.

Kurz darauf klopfte es heftig an der Tür. „Macht auf, ihr beiden Turteltauben", hörten wir Ians Stimme.

Mit einem gequälten Lachen öffnete ich. „Ian, du bist ein Hornochse", begrüßte ich ihn und ließ ihn rein.

Sofort schloss er die Tür und mit den beiden großen Männern wurde es doch eng und kuschlig in dem kleinen Büro.

„Morgen. Hat Jouli dir gesagt, was los ist?", fragte er Cal direkt.

Dieser nickte. „Mir fehlen echt immer noch die Worte."

„Nicht nur dir. Wie hast du dich entschieden?"

„Genauso wie ihr, denke ich. Attacke Pinguin."

„Gut." Ian rieb sich durchs Gesicht und riss mir die Kaffeetasse förmlich aus der Hand. „Entschuldige", murmelte er und nahm einige große Schlucke. „Ich habe so gut wie nicht geschlafen."

„Willkommen im Klub", bemerkte ich. „Ständig habe ich nach anderen Lösungen gesucht, aber vergeblich."

„Es gibt noch eine dritte", sagte Ian langsam und sah mich an.

„Du beziehungsweise ihr kündigt. Ihr findet direkt wieder was Neues. Aber damit wärt ihr schadenfrei aus der Nummer heraus.“

Cal und ich sahen ihn an, als hätte er uns erzählt, dass die Erde eine Scheibe sei und darauf kleine grüne Männchen lebten.

„Ist dir der Kaffee nicht bekommen?“, fragte Cal.

„Du hast echt zu wenig Schlaf bekommen“, bemerkte ich.

„Nein. Doch ich bin schon eine ganze Weile im Unternehmen. Mir passiert so schnell nichts. Ich würde euch beide nur gern schützen. Ihr seid noch so jung ... so was solltet ihr nicht künftig mit euch herumschleppen müssen.“

„Ian, bei allem, was recht ist, nein. Ich weiß gerade auch nicht, ob ich stinksauer auf dich sein oder dich einfach knuddeln soll“, sagte ich ratlos und betrachtete ihn. Der sonst so toughe Ian hatte doch eine weiche Seite. Wer hätte es gedacht.

„Ich schließe mit Jouli an. Nein. Wir ziehen den Mist gemeinsam durch. Hoffen wir einfach, dass es nicht zu heftig wird und man uns anrechnet, dass wir nicht geschwiegen haben“, sagte auch Cal.

Ich holte mir meine Kaffeetasse zurück.

„Wer sagt es ihm?“, fragte Ian dann in die Stille hinein, die fast schon erdrückend war. „Soll ich es machen? Oder möchte einer von euch?“

Beide schüttelten wir den Kopf. Zum einen war Ian länger im Unternehmen und zum anderen wussten wir, dass er diese Verantwortung nur sehr ungern aus der Hand gegeben hätte. So griff er nach dem Telefon und rief unseren Bezirksleiter an. Cal und ich machten uns an die Arbeit.

Erst einmal passierte nichts und wir fragten uns, ob das Unternehmen sich solch einen Betrug einfach gefallen ließ. Doch nach sieben Tagen tauchte ein fremder Mann mit Glatze bei uns auf. Es war noch sehr früh am Morgen und Cal und ich hatten Dienst.

„Guten Morgen, Kellermann mein Name. Ich bin der neue Bezirksleiter für Ihren Bereich“, stellte er sich uns beiden vor. „Herr Simon hat das Unternehmen auf eigenen Wunsch verlassen. Frau Müller haben wir gestern gekündigt und sie ist freigestellt. Frau Breckmann, kommen Sie bitte mit ins Büro.“

Cal und ich wechselten einen Blick. Das hatte wohl doch Kreise gezogen, wenn Herr Simon von heute auf morgen nicht mehr im Unternehmen war. Ich schluckte, dann folgte ich Herrn Kellermann.

Er war mir gänzlich unsympathisch. Wir setzten uns und er zog eine Mappe aus der Tasche.

„Es tut mir leid, dass wir nun einen solch schlechten Start miteinander haben", begann er das Gespräch und zog ein Blatt Papier hervor. „Ich weiß, dass Sie an dem Betrug von Frau Müller keine Schuld tragen. Aber Sie kennen das Prinzip ja – mitgefangen, mitgehangen." Er legte es mir hin. Darauf sprang mich mit großen Buchstaben das Wort *Abmahnung* an. Fast musste ich lachen. Einen Moment hatte ich mit meiner Kündigung gerechnet.

„Ich ziehe meinen Hut vor der Courage von Ihnen dreien. Viele hätten versucht, es zu vertuschen, und gebetet, dass es nicht herauskommt."

„Danke", antwortete ich und atmete tief durch. „Ich kann nicht für meine Kollegen sprechen. Doch das ist nicht meine Art. Ich weiß, dass ich ebenso die Verantwortung für die Geschehen trage, die hier ablaufen. Und so ist die Abmahnung zwar eine dicke Kröte für mich, doch ich kann morgens noch problemlos in den Spiegel schauen. Das ist es mir wert gewesen."

__Beccy Charlatan__ wurde 1982 in Wuppertal geboren und wuchs dort auf. Mittlerweile hat es sie mit ihrem Lebensgefährten etwas weiter an den Rhein verschlagen, ins schöne Düsseldorf. Schon von Kindesbeinen an schrieb sie gern, geht der Liebe zu den Buchstaben jedoch erst seit circa vier Jahren nach. Sie schreibt unter anderem im Bereich Fantasy. Im Jahr 2021 sind die ersten drei Kurzgeschichten in einer Anthologie erschienen. Instagram @beccycharlatan, Homepage: https://beccy-charlatan-autorin.jimdosite.com/.

Unermüdliches Gequake
eines Teichfrosches

Froggy ist ein Breitmaulfrosch
mit einer vorlauten Gosch,
quakt den lieben langen Tag,
beantwortet keine Frag,
quakt einfach nur vor sich hin
ohne Zweck und ohne Sinn …
quakt um des Quakens willen,
ums Bedürfnis zu stillen
nach ehrlichem Selbstausdruck,
fängt zwischendurch eine Muck,
trinkt vom Teichwasser nen Schluck
und *ölt* so seine Kehle,
damit ihm gar nichts fehle
an Stimmumfang beim Quaken
und sich niemals verhaken
strapazierte Stimmbänder –
erneut geht er auf Sender
Leuten in der Nachbarschaft,
bis müdes Breitmaul erschlafft.

Ingrid Baumgart-Fütterer

Das Quak-Konzert

Die Frösche quakten laut an ihrem Teich. Markus konnte nicht schlafen, er verstand auch nicht, wie man überhaupt bei diesem Lärm ein Auge zumachen konnte. Doch im Zimmer neben ihm schnarchte es geräuschvoll.

Gerädert erhob er sich und rieb sich sein Genick. Wenn er schon nicht schlafen konnte, konnte er zumindest das tun, wofür er hier war: diesen alten Bauernhof vermessen und einschätzen. Dieses Konzert da draußen würde sicherlich potenzielle Kunden abschrecken, aber da würde ihm bestimmt auch noch etwas einfallen.

Ein Hahn krähte und schon klopfte es an der Tür. „Wer ist da?", fragte er wüst.

„Guten Morgen, ich soll Sie zum Frühstücken holen." Dies war die Stimme der Bauerntochter. Der kurze Augenblick, in dem er sie gesehen hatte, hatte ihm gereicht, dass er sie eigentlich nie wiedersehen wollte. Warzen im Gesicht, schrecklich dicke Augenbrauen und eine sehr schlechte Haltung.

In dem Moment schüttelte er sich. Das beim Essen zu sehen, war keine wirklich gute Idee. „Danke, aber ich habe keinen Hunger", antwortete er ihr.

„Okay." Ihre Stimme klang verletzt, doch es war ihm egal. Er sollte hier ja auch keine Freunde finden, sondern einfach nur seinen Job machen.

Doch kaum hatte er mit der Arbeit draußen begonnen, fing sein Magen an, ihm klarzumachen, dass arbeiten, ohne etwas zu essen, keine wirklich gute Idee war. Je länger er es hinauszögerte zum Bauernhaus zu gehen, umso mehr zwackte es in seinen Magen.

Tief atmete er ein und aus, bevor er an der Haupttür klopfte. Zu seinem Glück machte der Bauer auf. „Ja?"

„Entschuldigen Sie, aber könnte ich doch etwas zum Essen haben?"

Finster blickte der Mann Markus an. „Wir haben zu Ende gegessen, Mittag gibt es um zwölf. Sein Sie lieber pünktlich." Die Tür ging zu.

Am liebsten hätte er nun laut geflucht. Es war sieben Uhr morgens. Wie sollte er die nächsten Stunden noch aushalten? Voller Wut stapfte Markus wieder an seine Arbeit. Das Einzige, was er gegen den Hunger hatte, war Leitungswasser. Gerade als er sich eine neue Flasche aufgefüllt hatte, klopfte es hinter ihm.

„Mein Vater ist etwas streng", sprach die Bauerntochter sogleich. „Aber nur weil wir uns daran halten müssen, bedeutet es ja nicht, dass Fremde dies tun müssen."

Genervt sah er zu ihr. Erfreut und entsetzt waren die Gefühle, als er sie erblickte. Das belegte Brot auf einem Teller verzückte ihm sehr.

„Hier."

„Danke", sagte er und griff nach dem Brot. Schnell war es im Magen und eine Wohltat.

„Stellen Sie sich am besten für morgen früh einen Wecker."

„Wenn ich überhaupt bei dem Lärm schlafen kann", brummte er.

„Lärm?"

„Dieses Gequake."

„Ah, das ist das Quak-Konzert des Frühlings."

„Mir egal, wie Sie das nennen. Es ist laut und unnütz."

„Der Froschkönig wäre nicht begeistert davon, das zu hören."

Er verdrehte die Augen. „Diese Hinterwäldler glauben an so einen Mist", ging ihm durch den Kopf.

„Haben Sie nicht gewusst, dass die Legende hier ihren Ursprung hat?"

Markus zog seine Augenbrauen nach oben. So einen Unsinn hatte er noch nie gehört. „Es stammt aus Hessen."

„Nein, es wurde von der Familie Wild geschrieben und diese wohnten dort, aber der Teich mit der goldenen Kugel war hier, das war der Wintersitz der Familie."

Er winkte ab, das war einfach nur Humbug.

„Lauschen Sie den Fröschen, sie erzählen Ihnen die Geschichte." Damit ging das Bauernmädchen aus seinem Zimmer und er ging wieder an die Arbeit. Zum Mittag war er pünktlich in der Küche. Auch das Abendessen wollte er nicht auslassen, selbst wenn er die Lider kaum aufhalten konnte, weil er inzwischen so müde war. Danach war auch Schluss für ihn, das Bett rief ihn.

Um Mitternacht begannen die Frösche erneut zu quaken. Kaum hatte er geschlafen und war gleich wieder hellwach. Wütend angesichts des Gequakes lief er im Pyjama aus dem Zimmer, weiter über die Wiese und zum Teich. Mit Steinen warf er nach den Fröschen. Doch statt endlich leise zu sein, wurden sie immer lauter.

„Böser Mann", schallte es um ihn herum.

Hatte er es richtig verstanden? „Wer ist da?"

„Böser Mann."

Niemand war zu sehen, nur grüne Amphibien, die auf ihn zugehüpft kamen. Sie kesselten ihn ein und immer wieder schalte diese Worte durch die Luft.

„Redet ihr mit mir?", fragte er inzwischen panisch.

Und dann berührten sie seine Füße. Laufen konnte er nicht. Zu groß war der Ekel, dass er auf einen drauftreten könnte. Daher versuchte er, sie wegzukicken. Aber sie ließen nicht von ihm ab und sprangen ihn an, ständig höher, bis einer in seinem Gesicht ankam. Er verlor das Gleichgewicht und landete im Tümpel. Dieser schien tiefer zu sein, als er gedacht hatte, denn er sank und sank. Die Luft wurde immer weniger, seine Lungen brannten und schwimmen konnte er ganz vergessen, es war wie ein Sog, der ihn stets tiefer ins Dunkle zog.

Schwer atmend öffnete er schließlich die Lider. Es war Morgen. Hatte er das geträumt? Er drehte den Kopf nach rechts, er lag auf der Wiese und in der Ferne war das Bauernhaus zu sehen. Erleichtert richtete er sich auf. Doch so, wie er sich sonst bewegte, ging es nicht. Da blickte er an sich hinab. Grüne glitschige Warzenhaut war an seinem Bauch. Seine Hände und Füße hatten Schwimmhäute und waren komisch geformt wie ... dann fiel es ihm ein ... wie die Glieder eines Frosches.

„Das kann nicht sein", ging ihm durch den Kopf.

Befremdlich drehte er sich, um auf den Bauch zu kommen. Halb hüpfend, halb laufen bewegte er sich weiter zu dem Teich hin. Als er in das spiegelnde Wasser sah, erschrak er sich. Tatsächlich blickte ihm eine grüne, ekelhafte Froschfresse entgegen. Er versuchte, mit den Vorderfüßen die Haut herunterzuziehen, aber sie saß fest. Markus verstand die Welt nicht mehr. Wie konnte er ein Frosch sein? Träumte er dies vielleicht noch und er lag tief schlummernd in seinem Bett?

„Das ist kein Traum“, sagte die Stimme der Bauerntochter hinter ihm.

Vor Schreck sprang er in den Teich, tauchte wieder auf und sah, wie sie davor kniete. „Verstehst du mich?“

„Ich höre nur dein Quaken, aber das wäre mein erster Gedanke.“ Sie sah ihn an.

„Sieh weg, ich bin hässlich.“

„Ich denke, ich weiß, was du meinst“, sagte sie. „Aber ich kann dir von der Legende erzählen. Deinen Weg musst du selbst finden.“ Sie setzte sich und hob ihn hoch. „Der junge Mann, der übrigens kein Prinz war, hatte die Frösche angegriffen und sie als hässlich bezeichnet. Da hat Mutter Natur ihn zu dem werden lassen, was er am meisten verachtete.“ Sie setzte ihn wieder ins Gras. „Es braucht jemanden, der dich so liebt, wie du bist, aber auch du musst diese Person so lieben, wie sie ist.“

„Wie kann sich jemand in einen hässlichen Frosch verlieben?“

„Es muss nicht mal eine Prinzessin sein, sondern einfach jemand, der liebt.“ Sie stand auf. „Ich werde Vater anlügen, aber ich habe keine Ahnung, wie lang er mir glaubt.“ Sie machte einen Schritt zum Bauernhaus. „Ach ja, das habe ich fast vergessen.“ Ihre Hand ging in die Schürze und holte ein belegtes Brot heraus, was sie vor seinen Füßen legte. „Ich glaube nicht, dass Sie gerne Fliegen essen wollen.“ Damit ging sie und ließ ihn allein.

Er war also ein Frosch. Und sein einziger Weg, wieder ein Mensch zu sein, war es, jemanden zu lieben und geliebt zu werden. Eine unmögliche Aufgabe.

Tagelang saß er nur am See und ließ seine Gedanken zurückblicken. Die Bauerntochter brachte ihm täglich ein frisches belegtes Brot. Manchmal blieb sie bei ihm sitzen und erzählte, was so in der Welt passierte. Stellenweise dachte er sich, dass es egal wäre, da er ja ein verdammter Frosch war. Aber dennoch war er froh darüber, mehr zu erfahren, auch wenn ihm das bei seinem Problem nicht half.

Tage wurden zu Wochen und diese zu Monaten. Die Nächte wurden länger und kälter. Die meisten Frösche machten sich auf den Weg, ein Winterquartier zu finden. Aber nicht alle. Für Markus war das eine grausame Zeit. Er war immer noch mit einer grünen Haut versehen und nun auch noch allein. Der einzige Lichtblick war Helena, die Bauerntochter. Inzwischen kannte er ihren Namen, weil er mal zum Haus gehüpft war und der Bauer lautstark nach ihr gerufen hatte. Ab und zu sprang er aufs Fensterbrett ihres Schlafzimmers, um sie zu beobachten. Er mochte es seit geraumer Zeit, sie anzusehen, vor allem wenn sie lachte. Sie tat es selten, meist war sie betrübt. Um sie dazu zu bringen, für ihn die Mundwinkel zu heben, hüpft er oftmals wie ein Irrer herum und machte Faxen.

Eines Abends, lange nachdem sie ihm das übliche belegte Brot vorbeigebracht hatte und nur noch wenige Frösche am Teich ihre Lieder quakten, bemerkte er eine Person, die um das Haus herum schlich. Der Bauer konnte es nicht sein, der war zu breit für diese Gestalt. Die Bäuerin auch nicht, dafür war der Brustkorb zu flach. Und Helene, so wusste er, war schon in ihrem Zimmer. Vielleicht ein Gast, von dem sie ihm nichts erzählt hatte? Hin- und hergerissen blieb er vorerst am Teich. Doch der Schwarzgekleidete schlich zur Tür von Helena. Im Mondschein schimmerte kurz eine silberne Klinge auf. Voller Angst um die Bauerntochter hüpfte er so schnell und so weit, wie es seine Beine zuließen. Ein spitzer Schrei schallte vom Haus zu ihm und ließ die Furcht noch mehr in ihm ansteigen.

Helena kam aus der Tür gerannt, hinter ihr der Fremde. Sie fiel zu Boden. Nur noch ein paar Hüpfer trennten ihn von ihr.

Endlich erreichte er sie und sprang ins Gesicht des Mannes. Es war Markus egal, dass er ein kleiner, grüner, glibberiger Frosch war und nichts gegen einen Menschen ausrichten konnte und er dabei vermutlich sein Leben verlieren könnte. Aber Helena hatte eine Chance zu fliehen.

Fest griff der Mann nach ihm und schleuderte ihn weg. Markus rollte auf dem Gras, doch er rappelte sich auf und sprang erneut los.

„Verflixter Frosch", rief der Mann aus, während der ihn am Hals festhielt. Erneut strahlte der Mond die Klinge an und Markus wusste, das war sein Ende.

„Nein", schrie Helena.

Er konnte nicht erkennen, was gerade passierte, da er losgelassen wurde und über das Gras flog. Schwer konnte er sich dieses Mal aufrichten, doch er musste es tun. Helena war in Gefahr. Keuchend erhob er sich und hüpfte über den harten Boden. Sie lag da und er erkannte Blut. Mit letzter Kraft setzte er zu einem Sprung an. Doch plötzlich war er so groß wie der Mann. Dieser starrte ihn erschrocken an und bewegte sich nicht mehr.

„Markus", keuchte Helena.

In diesem Moment registrierte Markus, dass er wieder ein Mensch war. Er ballte seine Hand und schlug dem Fremden ins Gesicht. Während dieser taumelte, lief er zu Helena. „Ich bring dich weg."

„Wie?", fragte sie geistesabwesend und legte ihre Hand auf seine Wange.

Das fragte er sich auch, doch erst mal musste sie in Sicherheit gebracht werden. Er nahm sie mit schmerzverzerrtem Gesicht hoch und lief los. In der Ferne schallte Sirenen durch die Nacht.

Im hintersten Eck des Kuhstalls ließ er sie herunter. Schwer atmend nahm er neben ihr Platz. Sie riss an ihrem Nachtgewand und legte den Fetzen um seine Wunde. Immer wieder ratschte es. „Du hast dein Leben für mich riskiert", flüsterte sie.

„Es war mir egal." Er schloss seine Lider. Ja, es war ihm egal gewesen und dies ließ ihn erkennen, dass er sie liebte. Er blickte zu ihr. „Und das für einen Frosch, du hättest fliehen sollen."

„Und würde mir ewig die Schuld geben, dich in Stich gelassen zu haben."

Er hob seine Mundwinkel und strich über ihre Wange. „Du bist es gewesen, die mich befreit hat."

Sie schloss ihre Lider. „Seit unserer ersten Begegnung."

„Ich habe etwas gebraucht." Er zog sie zu sich. „Aber jetzt bin ich nicht mehr so."

„Danke, mein Froschprinz."

Darauf musste er einfach nur lachen.

__Luna Day__ lebt mit ihrer Familie in Augsburg.

Im Schatten des Glücks

Eine Welt voller Träume
Eine Welt voller Glück
Man sollte meinen, einem Prinzen mangelt es an nichts

Eine Welt voller Ruhm
Eine Welt voller Segen
Man sollte meinen, einem Prinzen sei alles gegeben

Eine Welt voller Lug
Eine Welt voller Betrug
Hinter der glänzenden Fassade wiegt schwer die Last

Ein Prinz in grün
Ein Prinz in klein
Man erkennt ihn nicht, dafür sorgte die Hexe

Ein Frosch voller Zweifel
Ein Frosch voller Leid
Seine einzige Hoffnung gleicht einem Märchen

Eine Liebe so echt
Eine Liebe so tief
Seine einzige Hoffnung liegt in den Händen der Prinzessin

Ein Kuss so sanft
Ein Kuss so zart
Die Magie erwacht, der Fluch zerfällt

Die Verbindung so jung
Die Verbindung so tief
Die Magie erwacht, heilt jedes gebrochene Herz

Eine Geschichte so wahr
Eine Geschichte so echt
Wo einst ein einsamer Frosch, ist nun ein Paar voll Glück

__Carolin Neumann__ wurde 1997 im Münsterland geboren und war schon immer von der Kunst angetan. Vom Zeichnen, über das Gießen von Kerzen bis hin zum Lesen konnte sie sich schon immer für all solche Dinge begeistern. Gerade das Schreiben hat sich in ihrem Auslandsjahr in London etabliert und zieht sich seither durch ihr Leben. Nachdem sie in Duisburg Soziologie studiert hat, ist sie anschließend direkt wieder ins Münsterland gezogen und geht dort ihrem erlernten Beruf nach. Nebenbei schreibt sie in jeder freien Minute und erweckt dabei die Ideen in ihrem Kopf zum Leben.

Die Sache mit dem Frosch

Die Sache mit dem Frosch?

Ja, also, die war so, zumindest hat man es mir so erzählt:

Niemand wusste, woher er gekommen war. Eines Tages war er einfach da.

Man munkelte, er sei dem Sumpf entstiegen und habe sich in unserem Teich reingewaschen. Nicht, dass er sich ausgiebig gewaschen hätte; er sprang einfach ins Wasser und entledigte sich seines braunen Anzugs aus Schlamm durch Untertauchen, um unmittelbar darauf in einem glänzenden, grünen Jumpsuit die ganze Gegend aufzumischen.

„Ich bin grün", quakte er. „Seht ihr, wie grün ich bin? Ganz normal grün!" Und sprang dabei durch ganz Teichwiesenhausen.

Als Erstes knüpfte er sich die Schermaus vor, die nichts ahnend am Wasser saß und an einem Stängel herumknabberte.

„Was bist denn du für ein grau-braun-beiges Ding? Ja, welche Farbe hast du eigentlich?"

„Oh, ich wusste nicht, dass ich eine Farbe brauche", schmatzte die Schermaus. „Ist das wichtig?"

„Ob das wichtig ist? Tz! Sie fragt, ob das wichtig ist!", dröhnte der Frosch und er schaute sich dabei um, ob er bereits anderes Publikum hatte. Da er niemanden sah, quakte er umso lauter: „Sieh! Ich bin grün. Und alles um mich herum ist grün."

„Ich nicht", unterbrach ihn die Maus.

„Ja, das ist ja das Problem. Alles muss harmonisch grün sein. Sieh die Gräser an, die Büsche und Baumkronen. Alles richtet sich nach meiner Farbe. Und auch du musst grün werden!"

„Wie soll ich das machen?", entgegnete die Schermaus, obwohl es sie in Wahrheit nicht interessierte, denn sie wollte einfach nur ihren Schilfstängel genießen.

„Nun, zuerst einmal musst du es wollen", belehrte sie der Frosch.

„Ich will nicht", fuhr die Schermaus dazwischen und würdigte den Grünverfechter keines weiteren Blicks.

„Das wirst du bereuen!", zischte der Frosch, doch das scherte die Schermaus nicht. Sie drehte ihren Kopf, schaute dem Frosch in die Augen und grinste mit einer Grimasse, die deutlich machte, dass sie nicht freundlich gestimmt war.

Der Frosch sah die kräftigen Nagezähne und sprang mit schlackernden Schenkeln davon, während er tönte: „I...i...ich muss weiter, ich habe eine Mission und bin sehr beschäftigt!"

Er entfernte sich eilig vom Dorfteich und begegnete nach einigen Metern der Uferschnepfe, stellte sich ihr in den Weg und begann sofort mit seinem Loblied auf die grüne Farbe.

„Spring bitte aus dem Weg", sagte die Uferschnepfe, „ich bin hungrig und möchte mir ein paar Käfer und Würmer gönnen."

„Oh, das ist ein vortrefflicher Speiseplan. Da haben wir ja etwas gemeinsam."

„So, so!", entgegnete die Schnepfe und setzte an, mit ihren langen Beinen über den Frosch hinüberzusteigen.

„Moment!", röhrte der Frosch, doch die Schnepfe stakste weiter in Richtung Teich. Dahin wollte der Frosch nicht zurück – die Zähne der Schermaus in ihrem grimmigen Gesicht hatten einen bleibenden Eindruck hinterlassen. So ließ er die Schnepfe ziehen, doch nicht, ohne ihr hinterherzuschreien: „Allerdings kannst du dich farblich wohl nicht so recht entscheiden. Dein Schnabel beginnt orange und endet in einer schwarzen Spitze. Das habe ich ja noch nie gesehen. Dein brauner Kopf und langer Hals gehen ja noch an, aber dein grau-braun-schwarzes Gefieder erinnert doch stark an das Fell der abartigen Schermaus!"

Die Uferschnepfe war entsetzt, denn sie kannte die Schermaus als einen sehr freundlichen und anständigen Nachbarn. Sie drehte den langen Hals, sah den Frosch böse an, doch sagte sie nichts. Am Dorfteich würde sie zunächst einmal die Schermaus fragen, was vorgefallen war.

Missmutig trollte sich der Frosch und erreichte die Feldgrenze. Es dämmerte bereits. Hier war das Gras höher und er schleppte sich mühsam voran, bis er dem Feldhamster begegnete. Erneut erging er sich in seiner Grüntirade. Zunächst hörte ihm der Hamster zu, denn Grün mochte er. Er tummelte sich auf Feld und Wiese und seine Welt war grün, wenngleich er sich auch viel unter der Erde aufhielt. Als der Frosch bemerkte, dass er sich die Aufmerksamkeit des Hamsters erredet hatte, wagte er wieder einen Sprung nach vorne. Tatsächlich hüpfte er dicht an den Hamster heran und raunte ihm ins Ohr: „Du bist allerdings ganz schön bunt!“

„Ja, nicht wahr?“, strahlte der Hamster bis über beide Backen und gab den Blick auf die Nagezähne frei.

Kurz irritiert fuhr der Frosch dann doch gefasst fort, und zwar betont langsam und leicht bedrohlich: „Zu bunt!“

„Das … verstehe ich nicht“, sprach der Hamster leicht zögerlich, „das Leben ist doch bunt.“

„Genau, und das muss sich ändern.“

„Warum?“, wollte der Hamster wissen.

Der Frosch schwadronierte etwas von: „Früher war alles grün – früher war alles besser.“ Eine grüne Einheit könne verhindern, dass invasive Arten sich hier breitmachen und so die grünen Bewohner von Teichwiesenhausen vertreiben – im Teich und auf den Wiesen sei nicht genug Platz für alle.

„Aber es sind doch gar nicht alle grün. Der Platz aller ist doch seit jeher hier.“

„Das ist es ja. Die müssen grün werden, damit wir uns einheitlich gegen die fremden Bewohner stellen können“, erklärte ihm der Frosch.

Dem Hamster wurde es plötzlich ganz anders zumute. Hatte er zu Beginn dem Frosch noch interessiert gelauscht, so rührte sich nun Sorge in ihm. Er dachte an seine Vorfahren, die aus Osteuropa geflüchtet waren. Damals wurde ein großer Teil der Waldflächen abgeholzt und so den Hamstern die Lebensgrundlage entzogen.

„Viele sind gestorben, auch auf der Flucht“, überlegte der Hamster, „doch meine Familie hat es bis hierhin geschafft und sich ein gutes Leben aufgebaut. Nie hatte ich den Eindruck, ich hätte nicht die richtige Farbe für Teichwiesenhausen. Und niemand hat mir je dieses Gefühl gegeben.“

Er trat einen Schritt zurück. „Ich glaube, du gehst jetzt besser.“

„Hör mal“, machte der Frosch noch einen weiteren Versuch, doch der Hamster sprach mit fester Stimme: „Hau ab!“ Und seine Augen und Nagezähne blitzten dabei in der Abendsonne. Das war deutlich genug für den Frosch und er verschwand in Richtung Waldesrand.

Er hatte den Wald noch nicht ganz erreicht, da sah er den Hasen auf der Wiese liegen, flach in eine Mulde gedrückt und mit angelegten Ohren. Wäre er nicht zufällig direkt auf ihn zugehüpft, so hätte er ihn kaum entdeckt. Ihr könnt euch vorstellen, wie der Frosch erneut die Rede begann.

Der Hase stellte die Ohren auf. Er war bereits betagt und hörte nicht mehr so gut. Auch hatten seine Hinterläufe früher schnellere Haken geschlagen. So aber war er müde liegen geblieben, als der Frosch auch ihn aufforderte, grün zu werden. Die Dorfbewohner, die mir später die Geschichte erzählten, vermuteten, dass der Hase sich von der grünen Farbe eine bessere Tarnung versprach. Schließlich hielt er sich aufgrund seiner Gebrechlichkeit nicht mehr so oft auf dem offenen Felde auf, sondern verbarg sich lieber im hohen grünen Gras. Da könnte ein grünes Fell doch nützlich sein. Vielleicht funktionierten aber auch einfach seine langen Löffel nicht mehr so gut, sodass er nur die Hälfte von dem verstand, was der Frosch ihm vortrug. Jedenfalls versprach er ihm, über die Sache nachzudenken.

Der Frosch wollte sich schon siegessicher davonmachen, nachdem er den Hasen zum großen Grün-Gremium eingeladen hatte, dessen Termin er ihm noch nennen wollte, da stand plötzlich der Dachs vor ihm. Dieser hatte im angrenzenden Dickicht alles gehört und wollte dem Hasen zur Hilfe eilen, denn er war ein sozialer und kooperativer Geselle. Außerdem war er klug und hatte den Frosch längst durchschaut.

Viel sagen musste er nicht. Kaum stieß er sein tiefes, lautes Knurren aus, da sah er schon nur noch ab und an einen grünen Flecken aus den Gräsern auftauchen und verschwinden. Der Dachs war jedoch alarmiert und trommelte am nächsten Tag die Bewohner Teichwiesenhausens zu einer Ratsversammlung zusammen. Dort stellte sich heraus, dass einige Bewohner durchaus nicht abgeneigt waren, ein Teil der grünen Einheit zu werden.

Allerdings hielten die sich versteckt, denn sie wussten keine Antworten auf die Fragen, die sie vermuteten. Die Mehrheit der Bewohner hingegen sah deutlich den Frieden von Teichwiesenhausen gestört und war zur Versammlung erschienen.

Es wurden viele Stimmen laut: „Bisher haben wir hier alle gut zusammengelebt und auch Zuzügler haben noch immer bei uns ihren Platz gefunden.“

„Wer weiß, wo wir einmal hinmüssen, wenn der Teich in Zukunft nicht mehr genügend Wasser führen sollte. Dann wollen auch wir Aufnahme finden.“

„Außerdem lieben wir es bunt.“

„Die Welt ist nicht nur grün.“

Einige, die von dem Frosch bereits gehört hatten, waren mit Schildern aus Baumrinden gekommen und demonstrierten für ihr buntes Teichwiesenhausen. Mit Kreide war darauf zu lesen:

Teichwiesenhausen bleibt bunt
Wir sind mehr
Kunterbunt statt Giftgrün
Natur braucht Vielfalt

Das war der Moment, in dem ich auftauchte.

Jemand rief. „Da ist der Graureiher! Fragt ihn.“

Und sie fragten mich. „Du kommst doch weit herum. Deine Familie findet man in Europa, Asien und Afrika. Was sagst du zur grünen Abschottung?“

Ich hatte noch nichts davon gehört, doch als die Rede auf den Frosch kam, da erinnerte ich mich an die Begebenheit des Vortages.

Nach der Begegnung mit dem Dachs hatte der Frosch nicht so recht gewusst wohin, denn auf der Wiese und im angrenzenden Waldesrand wohnte der scharfzahnige Dachs. Das Feld bot dem Frosch weder Schutz noch ausreichend Nahrung. Auch mangelte es dort an Bewohnern, die er hätte überreden können, grün zu werden. Also war er zum Teich zurückgekehrt, achtete jedoch darauf, nicht wieder der Schermaus zu begegnen. So hielt er am Ufer Ausschau nach einem Schlafplatz und hockte sich in den Schatten der Abendsonne.

Ich hatte eine weite Reise hinter mir und war hungrig. Daher hatte ich mich still ans Ufer gestellt und harrte aus, um zu sehen, welche Leckerei mir wohl vor den Schnabel kommen würde.

Als der Frosch von der Rennerei und dem Verstecken müde sich vor mir ins Gras legte und den Blick in den Himmel richtete, da sah er, in wessen Schatten er ruhte. Blitzschnell pickte ich ihn mit meinem Schnabel auf, schwang ihn in die Höhe – vermutlich seine erste und letzte Hoch-Zeit – bevor ich ihn verschlang. Er war schwer verdaulich, doch erfüllte er seinen Zweck.

Die Teichwiesenhausener ließ ich in dem Glauben, ihre Demonstration habe den Frosch erfolgreich vertrieben.

Nun, es gibt immer mehrere Lösungen für ein Problem, nicht wahr?

So also war die Sache mit dem Frosch.

Alice Sluyterman van Langeweyde begleiten Wort und Sprache schon seit dem Kindesalter in besonderer Weise, ob beim Gesang, bei der Begeisterung für Fremdsprachen oder beim Schreiben von Lyrik und Prosa. Sie ist 1968 geboren, lebt in Siegburg und hat in 2023 zwei Gedichte in dem Erzählband „Märchen“ von Karl Holtschneider und Karin Heuberg veröffentlicht und arbeitet derzeit am neuen Band „Unser Garten lebt“ mit. Sie ist Mitglied im Autorenforum Köln und der Freien Literaturwerkstatt Siegburg, in deren Rahmen sie regelmäßig an Lesungen teilnimmt, wie auch an offenen Lesungen.*

Prinzessin Valerie
und der Frosch

Prinz Eduard neckt allzu gern
seine Schwester Valerie,
doch liegt ihr Ängstlichkeit ganz fern
und auch schüchtern war sie nie.

In einer schönen Sommernacht
will sie ins Himmelbett sich legen,
doch unter ihrer Decke wacht
ein Frosch, ganz ohne sich zu regen.

„Wie kommst denn du herein ins Zimmer?“,
fragt Prinzessin Valerie.
„Dein Bruder Eduard macht immer
Jagd auf mich, doch fing mich nie.

Heute ist es ihm geglückt
und damit er dich erschreckt,
was ihn selber sehr entzückt,
hat er mich im Bett versteckt.“

Prinzessin Valerie lacht laut
über ihres Bruders Scherz,
nimmt den Frosch in die Hand und schaut
ihm in die Augen, fast ins Herz.

Der Frosch dabei ganz ängstlich spricht:
„Bitte, bitte, küss mich nicht!
Bin ja nicht zum Prinz geboren,
wär in deiner Welt verloren.“

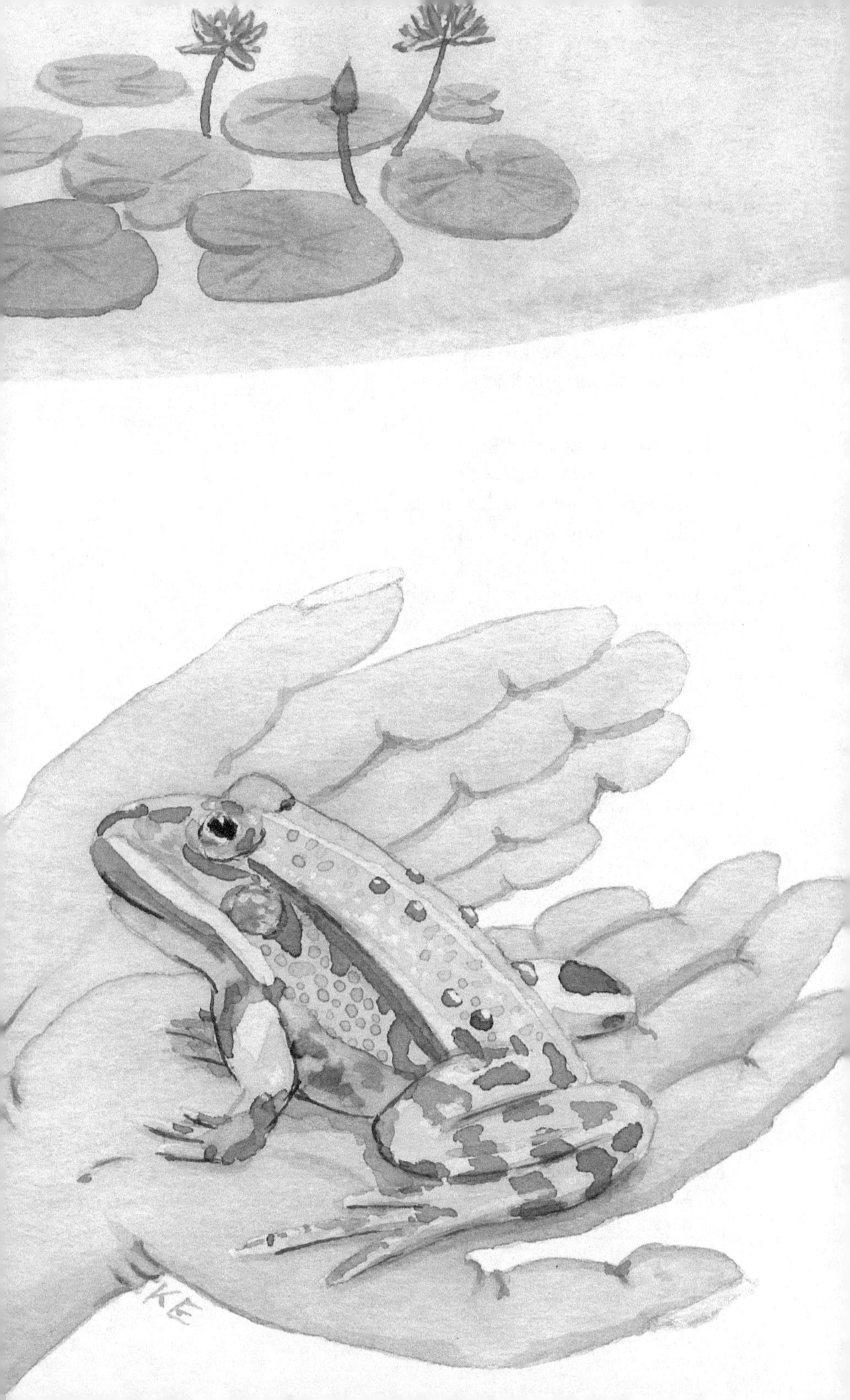

„Keine Angst mein kleiner Gast,
will dich nur genau besehen
und mit dir, ganz ohne Hast,
zu dem Teich im Garten gehen.“

Die Prinzessin schaut ihn lange an,
er ist grün und beige, ein Teichfrosch eben,
doch sie weiß, ein Frosch, der kann
nur am Wasser glücklich leben.

Behutsam trägt sie ihn hinaus,
setzt ihn an des Teiches Rand,
denn hier ist der Frosch zuhaus’.
„Übrigens heiß ich Ferdinand.“

„Frosch Ferdinand, welch schöner Name“,
singt die Prinzessin ganz beschwingt.
„Valerie, die Wundersame“,
denkt der Frosch, bevor er springt.

Des Abends ist oft Froschkonzert;
Frosch Ferdinand quakt laut wie nie.
Ob ihn wohl seine Freundin hört,
die kleine Prinzessin Valerie?

Karin Endler, *geboren 1962, lebt in ihrer Geburtsstadt Wien. Schreibt kurze Prosa und Gedichte für Erwachsene und Kinder; manchmal malt sie Bilder dazu. Seit 2019 Veröffentlichungen in Literaturzeitschriften und Anthologien.*

Natürliches Märchen

Ein junger Prinz ward von einer Hexe zu einem kleinen Frosch verwünscht und harrte, wie es die Konvention verlangt, am Ufer eines Tümpels brav des erlösenden Kusses.

Den bekam er eines sonnigen Junitages auch – nur nicht von einer Prinzessin des Menschengeschlechts. Ein Gelbrandkäferweibchen ergriff den glitschigen Leckerbissen, schlug ihre Mandibeln in seine Zunge und nagte den geliebten Lurch genüsslich bis auf die blanken Knochen ab.

Ich weiß, was Sie nun gerne sagen würden, aber in der Wildnis, selbst der kleinsten, ist wahrlich kein Raum für märchenhafte Schlüsse.

Daniel Sander, geboren 1996 in Bamberg, studiert an der FAU Erlangen-Nürnberg Evangelische Theologie und Germanistik. Er ist Hobby-Entomologe und mag Black Metal. Veröffentlichungen von Gedichten und Kurzprosa-Stücken finden sich in diversen Anthologien und Literaturzeitschriften.

Vom Entfroschen

Es war ein fettes und ungewöhnlich pickeliges Exemplar von Frosch, das Laura eines schönen Tages vor die Füße hüpfte. Vielleicht hätte das Laura zu denken geben sollen, doch in ihrem Übermut bemerkte sie ihren Fehler erst, als es zu spät war und sie dem Frosch bereits einen dicken Schmatzer auf den Kopf gedrückt hatte.

Dass sie kurz darauf erschrocken einen Satz zurücksprang, lag nicht daran, dass der Frosch sich tatsächlich vor ihren Augen verwandelte, sondern viel mehr daran, dass ...

„Du bist kein Prinz!", rief Laura. Die Enttäuschung klang unüberhörbar in ihrer Stimme.

Das Wesen vor ihr rümpfte die Nase. „Dir auch einen guten Tag."

„Warum bist du kein Prinz?"

„Wer sagt, dass ich kein Prinz bin?"

„Bist du etwa ein Prinz?" Misstrauisch musterte Laura den kleinen, untersetzten Mann, der hinter seinem gelben Bart so schrumpelig wie eine Rosine wirkte und außerdem aussah, als wäre er ein paarmal gegen eine Tür gerannt, um sich die Nase zu brechen und in den absurdesten Winkeln wieder zusammenzuwachsen zu lassen.

Pikiert hob der Mann die buschigen Brauen. „Allerdings bin ich ein Prinz!"

„Aber – du bist kleiner als ich! Und ich bin gestern sechs Jahre alt geworden!", meinte Laura nicht überzeugt.

„Was hat denn Größe damit zu tun?", schnappte der angebliche Prinz. „Ich bin ein Zwerg, da gehört es sich, klein zu sein!"

Laura ließ sich ins Gras plumpsen, den Blick noch immer auf den seltsamen Prinzen gerichtet. „Du bist also ein Zwergenprinz?"

„Du klingst noch immer nicht begeistert", stellte der Zwergenprinz fest und verschränkte die Arme über seinem Wanst.

„Wie kannst du ein Prinz sein? Du bist nicht nur kleiner als ich, sondern auch noch alt und hässlich!" Beinahe drohten ihr die Tränen zu kommen.

Mit einem empörten Schnauben setzte auch der Zwergenprinz sich in die Wiese und funkelte sie böse an. „Ersten: 213 Jahre sind nichts für einen Zwerg. Ich bin ein äußerst junger und rüstiger Prinz! Zweitens: Wie kannst du mich hässlich nennen, wenn du dich überhaupt nicht mit den Schönheitsidealen der Zwerge auskennst? Siehst du den Gelbton meines Bartes? Das ist der letzte Schrei!“

Zweifelnd betrachtete Laura den gelben Bart des Zwerges, der sich ganz fürchterlich mit dem Blau seiner Augen biss. „Sind Zwerge vielleicht farbenblind? Seht ihr nur schwarz-weiß oder so?“

„Was für ein außerordentlich unhöfliches Menschenkind du doch bist!“

Laura ließ den Blick fallen und rupfte missmutig an einem Büschel Gras. „In den Geschichten verwandelt sich der Frosch in einen hübschen, jungen Menschenprinzen. Wie kann es sein, dass du ein Zwergenprinz bist?“

„Gibt es denn irgendeine Regel, nach der der Prinz ein junger, hübscher, nutzloser Menschenprinz sein muss?“, erwiderte der Zwerg pikiert.

Seufzend schüttelte Laura den Kopf. „Nein, ich glaube nicht. Aber warum musste ausgerechnet ich dich erwischen?“

„Glaubst du, es hat mir Spaß gemacht, ein Frosch zu sein und von einem Kind abgeschmatzt zu werden?“

Darüber dachte Laura einen Augenblick nach, dann schüttelte sie abermals den Kopf. „Wahrscheinlich nicht. Was hast du überhaupt angestellt, um in einen Frosch verwandelt zu werden?“

„Oh.“ Der Zwerg kratzte sich an der knotigen Nase und sah verschämt zum Himmel hinauf. „Das.“

Lauras Augen wurden groß und unwillkürlich lehnte sie sich vor. „War es böse?“

„Ähm. Ne.“ Der Zwerg schüttelte den Kopf. „Eher ... peinlich.“

„Peinlich?“

„Nonplusultra peinlich.“

„So peinlich, wie ein fetter, pickeliger Frosch zu sein?“

„Was?“

Laura grinste. „Also? Was hast du getan? Hast du eine Hexe beleidigt?“

„Sozusagen.“

„Geht das nicht genauer?“

„Nein." Der Zwerg presste die Lippen aufeinander und Laura hätte schwören können, dass seine Ohren rot anliefen.

„Komm schon!", jammerte sie. „Das schuldest du mir. Ich habe dich entfroscht!"

Der Zwerg grummelte etwas Unverständliches in seinen gelben Bart.

„Was?"

Äußerst genervt sah der Zwerg unter seinen buschigen Brauen zu ihr hinüber. „Ich habe gepupst. Während ich mich vor ihr verneigt habe. Zufrieden?"

Einen Augenblick starrten der Zwerg und Laura sich an. Dann brach Laura in schallendes Gelächter aus. Sie musste so sehr lachen, dass sie sich auf dem Boden kringelte und sich den Bauch halten musste.

Der Zwerg sah sie noch eine Weile grimmig an, doch dann begannen auch seine Mundwinkel zu zucken. „Ich hab dir gesagt, dass es peinlich ist."

Laura japste nach Luft: „Super peinlich!"

Jetzt grinste der Zwerg ein wenig. „Freut mich, dass es immerhin dich amüsiert."

Prustend rappelte Laura sich wieder auf. „Deshalb hat sie dich in einen Frosch verwandelt? Warum ein Frosch?"

„Weiß nicht." Der Zwerg zuckte die Schultern. „Ich schätze, die Sache mit dem Frosch liegt ihr einfach. Viel Übung und so."

„Und was machst du jetzt?", fragte Laura neugierig. „Musst du zurück zu den anderen Zwergen?"

Er nickte mit gewichtiger Miene. „Allerdings. Immerhin bin ich der Prinz!"

Da kam Laura mit einem Mal ein schrecklicher Gedanke: „Ich muss dich aber nicht hochzeiten, oder?", fragte sie entsetzt.

Der Zwerg konnte ein Augenrollen nicht unterdrücken. „Natürlich nicht! Du bist ein Kind! Für was hältst du mich? Und es heißt heiraten. Nicht hochzeiten."

„Ehrlich?"

„Glaub schon. Aber ich bin ein Prinz, kein Duden." Damit kam der Zwerg wieder auf die Beine und Laura tat es ihm gleich. „Also dann, Menschenkind, vielen Dank für das Entfroschen. Ich würde ja sagen, es war eine Freude, dich kennenzulernen, aber ..."

„Also, mich hat es gefreut!", meinte Laura. „Ich hab noch nie einen Zwergenprinzen getroffen!"

„Natürlich", erwiderte der Zwerg und sah tatsächlich ein bisschen geschmeichelt aus. „Immerhin werde ich nicht jeden Tag in einen Frosch verwandelt."

„Hm. Du solltest keine Bohnen mehr essen. Oder Kohl. Nachher muss ich schon wieder einen fetten, pickeligen Frosch küssen", sagte Laura grinsend.

Der Zwerg rümpfte einmal mehr die Nase. „Ich hatte nicht das Gefühl, dass es ein Problem für dich war. Ich wette, es gab noch nie einen Prinzen, der mit so viel Nachdruck entfroscht wurde."

Sie sahen sich an und dann mussten sie beide ein bisschen lachen.

„Wie wäre es, wenn ich zu Hause nach dem Rechten gesehen und jegliche Bohnen verbannt habe, könnte ich dich für ein paar Tage mitnehmen und dir die Zwergenwelt zeigen?", schlug der Zwerg dann unvermutet vor.

Augenblicklich überkam Laura Begeisterung. „Ehrlich?"

„Du hast mein Zwergenprinzenehrenwort!"

„Fantastisch!"

„Du kannst aber nicht jedem Zwerg erzählen, dass du ihn hässlich findest!", fügte der Zwerg mit strengem Blick hinzu. „Das würde meinem Ansehen nicht gut bekommen."

„Oh, weißt du, ich beginne deinen gelben Bart schon lieb zu gewinnen!"

„Sicher", brummte der Zwerg, doch da war ein kleines Lächeln in seinem Gesicht. Er streckte ihr die Hand entgegen und meinte: „Nun denn, Menschenkind. Freunde?"

Ohne zu zögern, schlug Laura ein. „Freunde!"

__Désirée Braun,__ Jahrgang 2000, wohnhaft im kleinen Saarland, entdeckte mit elf Jahren das Schreiben und konnte seither die Finger nicht mehr davon lassen. Neben einigen Kurzgeschichten und Gedichten in verschiedenen Anthologien u. ä. erschien der Roman „Ein TODsicheres Unterfangen."

Falscher Froschprinz

Die junge Frau wollt' niemals Kröten schlucken
sowie nur äußerst ungern Frösche küssen.
Auch diesmal war geplant, sich wegzuducken.
Doch da der Frosch drum bittet, wird sie müssen.

„Ein Frosch, der spricht, sich doch verwandeln muss
in einen Kerl, mit dem ich leben kann",
sie denkt und gibt ihm den erbet'nen Kuss.
Und's klappt. Zumindest steht vor ihr ein Mann.

Doch ist es kein verwunsch'ner junger Prinz,
bei dem's mit Macht und Reichtum nicht weit her.
Es ist der Boss der Firma Kunz und Hinz,
erfahr'ner Macher, millionenschwer.

Die junge Frau sich glücklich schätzt und freut.
Wohl dem, der Frosch und Risiko nicht scheut!

Wolfgang Rödig *lebt in Mitterfels. Er hat bislang mehr als 800 belletristische Kurztexte in Anthologien, Literaturzeitschriften, Tageszeitungen, Magazinen und Kalendern sowie den Gedichtband „Punkt – Nach Komma, Strich und Faden" veröffentlicht.*

Ansichten aus der Froschperspektive

Sie haben sicher die ganzen Diskussionen mitbekommen über verschiedene Wörter und Redensarten, die verboten werden, weil sie beleidigend, rassistisch oder diskriminierend sind. Irgendwo gibt es immer einen, der sich angegriffen fühlt. Nun frage ich Sie: Wird dabei einmal darüber nachgedacht, wie es uns Fröschen geht? Was wir in dieser Hinsicht täglich zu erleiden haben?

Konkretes Beispiel: Neulich saß ich an einer Bushaltestelle, um mich herum mehrere Menschen. Da sagte ein Mann zu einem anderen: „Schau mal, die Tussi da hinten hat aber Froschaugen."

Zunächst war ich ganz entzückt, denn es gibt schließlich nichts Schöneres als Froschaugen bei einer Frau – die Augen meiner Freundin – ein Traum, hach! Doch als die Männer hämisch lachten, dämmerte mir, dass diese Aussage alles andere als nett gemeint war.

Ich sage Ihnen, Sprache ist grausam. Oder haben Sie etwa noch nie geunkt? Glauben Sie mir, wenn ich sage, Unken sind alles andere als Pessimisten. Und ich kenne viele Unken. Nur weil sich irgendein Typ vor Hunderten von Jahren eine Geschichte ausgedacht hat, in der die Unke als Bösewicht oder Unglücksbringer dargestellt wird, ist das kein Grund, Unkenrufe noch heute negativ zu behaften.

Womit wir auch schon bei meinem wichtigsten Aufreger sind: dem Märchen vom Froschkönig. Das kennen Sie, stimmt's? Als ich zum ersten Mal davon hörte, dachte ich, das wäre genau die richtige Lektüre für mich. Nun ja, nach dem Lesen war ich enttäuscht, bodenlos enttäuscht. Wie kann man sich so etwas ausdenken?

Zuerst einmal die Prinzessin – sie lässt ihre goldene Kugel beim Spielen in den Brunnen fallen. Wer bitte spielt denn direkt an einem Brunnen? Schon an sich ziemlich dämlich. Dann kommt der liebe Frosch, holt ihr die Kugel wieder hoch und möchte sich mit ihr anfreunden. Doch die hochnäsige Madame kann sich plötzlich nicht mehr daran erinnern, so ein Versprechen abgegeben zu haben. Nur weil ihr Vater darauf besteht, darf der arme Frosch an ihrem Tisch sitzen. Als es zur Nachtruhe geht, fängt sie wieder an zu zetern und wirft den Frosch an die Wand, was ihn in einen Prinzen zurückverwandelt.

Wo bleibt der Aufschrei der Eltern wegen Verherrlichung von Gewalt gegenüber Fröschen? Richtig – es gibt keinen. Stattdessen ziehen die Kinder als Lehre aus diesem Märchen, dass es in Ordnung ist, Frösche an die Wand zu werfen, weil man dafür mit einem Prinzen belohnt wird. Denn die furchtbare Prinzessin ist hin und weg, heiratet ihn und alles ist Friede, Freude, Fliegenkuchen. Ganz ehrlich? So etwas Froschfeindliches wie diese Frau haben Sie noch nicht gesehen. Ich kann jedem meiner Artgenossen raten, die Finger von goldenen Kugeln zu lassen. Und von dieser Schundgeschichte. Dass die noch nicht auf dem Index steht, ist mir ein Rätsel.

Nach meinem Desaster mit dem Märchenbuch stand ich in der Buchhandlung in der Krimiabteilung. Meine Wahl fiel auf *Der Frosch mit der Maske* von Edgar Wallace. Dreimal dürfen Sie raten! Auch dieses Buch ist bei mir durchgefallen. Ich bin immer noch am Überlegen, diesen Wallace wegen arglistiger Täuschung zu verklagen. Es spielt nämlich gar kein Frosch mit, auch wenn der Buchtitel dies impliziert. Korrekt hätte es *Der Mann mit der Froschmaske* heißen müssen. Da der Wallace aber sicherlich ein ganz toller Hecht im Teich ist, der weiß, dass Frösche attraktiver sind als Menschen, hat er sich diesen Kniff ausgedacht. Leider bin ich darauf hereingefallen.

Kurz darauf fand ich mich in einer Bar wieder, um meinen Ärger hinunterzuspülen. Da fragte mich der Barmann allen Ernstes: „Haben Sie denn auch genug Kröten dabei?"

Ich verstand nicht, worauf er mit seiner Frage hinaus wollte, und schüttelte den Kopf. Die Kröten waren zu dem Zeitpunkt doch alle auf Wanderung. Nun ja, jedenfalls weigerte der Barmann sich, mir ohne Kröten etwas zu trinken zu geben – ich werde dem armen Kerl bei Gelegenheit ein paar von meinen Bekannten zum Kennenlernen vorbeischicken.

Am Ausgang traf ich auf mehrere bunt gekleidete, deutlich angeheiterte junge Menschendamen, die mich auf ein Getränk einluden. Sie feierten Junggesellenabschied, wie ich erfuhr. Die Braut trug ein T-Shirt mit der Aufschrift *Viele Frösche geküsst und einen Prinzen gefunden.* Gut, es war vielleicht nicht die feine englische Art, ihr meinen Drink ins Gesicht zu schütten und einfach zu gehen. Aber das

T-Shirt regt mich immer noch auf. Das können Sie mir glauben. Was ist denn das für eine Aussage? Genauso diskriminierend und entwürdigend wie die Sache mit dem Froschkönig. Grrr!

Ach, bevor ich es vergesse: Planen Sie schon Ihren nächsten Urlaub? Fahren Sie auf gar keinen Fall nach Frankreich! Vor einiger Zeit machte ich mit meiner Freundin einen Kurztrip nach Paris. Sie wissen schon – die Stadt der Liebe, Wein, gutes Essen … Vor Ort wurde uns das Restaurant *La Grenouille Rouge* empfohlen. Das hätte uns fast das Leben gekostet. Wie können diese Leute auf die Idee kommen, Froschschenkel als Spezialität auf ihre Speisenkarte zu setzen? Kein Wunder, dass manche Frösche vom Aussterben bedroht sind. Nicht: Vive la France! Vive la grenouille!

Ich hoffe, Sie verstehen meine Perspektive. Denken Sie bitte an meine Worte, wenn Sie das nächste Mal zu Silvester Knallfrösche kaufen und oder zu Spielverderbern: „Ach, sei doch kein Frosch!", sagen. Auch wir Frösche haben ein Herz. Quak!

Mirja Seim, *geboren 1981 in Bremerhaven, ist Fremdsprachenkorrespondentin und lebt mit ihrem Mann und ihrem Sohn in Friesland. Geschichten hat sie schon immer gerne geschrieben, doch dann kam der Berufs- und Familienalltag dazwischen. Mit einem VHS-Kurs hat sie ihre Leidenschaft vor einiger Zeit wieder aufleben lassen. Neben dem Verfassen von humorvollen Kurzgeschichten gehören Sport, Lesen und Stricken zu ihren Hobbys.*

Am Waldteich

Ein Teich in einem Harzwald-Flecken
lädt ein zur Rast und zum Entdecken.

Und weil es da noch Bänke gibt,
ist er bei Wanderern beliebt.

Doch auch manch anderer schätzt sehr
dieses kleine Binnenmeer.

Man gibt sich hier ein Stelldichein,
ohne gleich ein Frosch zu sein.

Dieser, mit dem Nass vertraut,
ist in der Mehrzahl und zu laut.

Hartmut Gelhaar, *Jahrgang 1948, Rentner, lebt in Wernigerode. Hat bereits in mehreren Anthologien veröffentlicht. Betreibt auf YouTube den Podcast „Lyrik für die Ohren.“*

Quak-Konzert

Nach langer Winterruhe, einer sehr stillen Winterzeit, erwacht im März mit den ersten warmen Sonnenstrahlen langsam die Natur wieder aus ihrem langen Winterschlaf – Flora wie Fauna, die Welt der Pflanzen wie auch die Welt der Tiere. Und je angenehm und herrlich wärmer es wird, je mehr Gas gibt die Natur. Mit voller Kraft voraus entwickelt sich alles recht schnell: Wiesen wie Felder und Wälder – und die Tierwelt sowieso.

Auch die Frösche erwachen wieder langsam aus ihrer unheimlich langen Winterstarre, kommen dank der sich angenehm anfühlenden Frühjahrswärme ab Mitte März allmählich in Bewegung und hauchen der Natur nun alsbald so richtig Leben ein. So ertönt doch im herrlich warmen Frühlingsmonat April plötzlich wieder ein lang vermisstes lautstarkes Quaken. Quak, quak, quak … So ertönt es nun wieder, wie jedes Jahr im Frühling, inmitten der Natur. Und dieses Mal sogar auch bei uns zu Hause!

Denn so sitzt an einem sehr schönen Tag in diesem wundervollen Frühlingsmonat bei herrlich warmem Sonnenschein doch ein saftig grüner, mit seinen riesengroß aufgeblasenen Schallblasen sehr stattlich aussehender Frosch ganz erhaben auf einem grau-braunen Stein auf einem Fleckchen sattgrüner Wiese neben dem kleinen Teich in unserem großen Garten hinter unserem Wohnhaus. Und er beginnt mit dem strahlenden Sonnenschein um die Wette äußerst lebensfroh zu quaken. Quak, quak, quak … So ertönt es jetzt ab Ende April nahezu wie selbstverständlich.

Es ist übrigens ein sehr besonderer und stolzer, anscheinend jedoch sehr einsamer Frosch, der bei uns in der Wiese neben dem Tümpel sitzt und wie ein Froschkönig seinen Froschgesang zum Besten gibt. Zunächst ist der Frosch nämlich ganz allein und quakt einen jeden Abend nahezu unaufhörlich und lautstark sein Solo-Konzert. Ein sehr originelles Frosch-Konzert! Im Laufe der Zeit ist der Frosch aber nicht mehr allein und ganz und gar nicht mehr einsam. Denn es ge-

sellt sich eine von seinem anscheinend wunderschönen Quaken sehr
angetane Froschdame zu ihm hinzu. Nun quakt der Frosch wie ein
gefühlter Froschkönig total verliebt und voller Herzenslust für seine
Herzensdame jeden Abend ein besonders ausgiebiges Konzert drein.
Ganz leise stimmt auch die Froschdame, die sich mittlerweile zur
Froschkönigin auserwählt fühlt, in den extrem lauten Gesang ihres
Froschkönigs mit ein. Im Duett quaken die beiden nun sehr gerne
miteinander und gestehen sich so ihre unsterbliche Liebe zueinander
ein. Quak, quak, quak … So ertönt es im Wonnemonat Mai wieder
beständig lebendig inmitten der sich allgemein prächtig entfaltenden
Natur. Und nun sogar auch bei uns zu Hause, in unserem Garten!

Und dann das: Im gleichen Frühjahr noch legt die Froschdame in
den Teich ihren Laich. Es dauert nicht allzu lange und wir sind im
Laufe des Jahres – nämlich bereits im Sommer – plötzlich an Fröschen reich. Denn alsbald schon kommen ganz viele junge, sehr kleine Fröschlein hinzu. Als Kaulquappen schwimmen sie zunächst wie
kleine Fischlein viele Wochen lang ganz still und leise etliche Runden
durch den Teich. Als junge Fröschlein springen sie bald von Seerose
zu Seerose und dann irgendwann im Hochsommer auf die Wiese
an Land. Nahezu im Eiltempo entwickeln sie sich recht schnell zu
richtigen Fröschen und werden quasi im Nu wie durch Zauberei erwachsen.

Im Herbst ist es daher dann aber erst mal auch gut. Die vielen
jungen ausgewachsenen Frösche verabschieden sich, ihre aufregende
Zeit der Kindheit im Teich – eine fantastische Zeit einer erstaun-
lichen Metamorphose – und den ersten Sommer ihres Lebens mit
einem ersten kurzen und noch sehr zaghaften Quaken in die wohl-
verdiente Winterruhe zur ausgiebigen Erholung.

Vor lauter Erschöpfung und bei immer kühler werdenden Tempe-
raturen fallen die Frösche ab etwa Mitte Oktober allmählich in Winterstarre. Sie schlafen einfach ein und schlafen nun ganz tief und fest.
Wenn die schöne und angenehme Herbstwärme vorbei ist, ist das
Leben auch nicht mehr allzu interessant. Dann kann man sich ruhig
schlafen legen bis zum nächsten Frühjahr und den ersten warmen
Sonnenstrahlen im Laufe des Monats März – und den eher uninte-
ressanten, ziemlich kalten und recht unangenehmen, langen Winter
einfach verschlafen.

Und nun, im darauf folgenden Jahr im Frühling, erwacht die

Großfamilie Frosch zu ganz neuem Leben. Nun quakt die Großfamilie Frosch nämlich zur allerschönsten Jahreszeit vom Spätfrühling bis in den Frühsommer hinein jeden Abend gemeinsam im ganz großen Chor ihr Konzert immerzu – ein schier unaufhörliches Gequake. Die vielen jungen, doch mittlerweile längst erwachsen gewordenen Froschprinzen wollen sich so, mit ihrer je individuellen Quak-Konzerteinlage, selbst zu Froschkönigen befördern. Daher quaken sie wie gefühlte Froschkönige sehr inbrünstig um die Gunst junger Froschprinzessinnen, um deren Herzen zu gewinnen und sie zu ihren Froschköniginnen zu machen.

Die jungen Froschprinzen bemühen sich sehr, mit ihrem unheimlich lauten, quakenden Gesang Froschprinzessinnen aus der ganzen Umgebung von weit und breit her anzulocken und sie mit ihrem intensiven und sehr ausdauernden Gequake zu begeistern. Und dies alles nur, um von ihnen zu ihrem König des Herzens, zu ihrem Froschkönig auserwählt zu werden. Daher ein jeder junge Froschprinz seiner Herzensdame ein ausgiebiges Ständchen quakend singt – und dies tagein, tagaus über etliche Wochen hinweg. Quak, quak, quak … Ein nahezu ohrenbetäubendes und anscheinend nicht mehr aufhören wollendes Gequake …

Die Großfamilie Frosch belebt so nun in den frühen Sommermonaten ganztags und vor allem aber auch spätabends, wenn die Dämmerung einzusetzen beginnt, die ansonst eher stillen Abendstunden und sogar noch die ganze Nacht über hindurch mit ihrem ausgiebigen Quak-Konzert. Und dies nur der Liebe wegen!

Welch eine Geräusch-Kulisse, die die Natur im Frühsommer bietet: tagsüber nicht nur wunderschön tirilierende Vögel und abends nicht nur die ersten herrlich zirpenden Grillen, sondern Tag und Nacht, ganztags und insbesondere einen jeden Tag spätabends zum Abschluss des Tages noch ein besonders lebhaftes Quak-Konzert der Frösche als i-Tüpfelchen natürlicher Musik-Genüsse. Eine musikalische Einlage, die an Lautstärke und musikalischer Finesse der Natur kaum noch zu überbieten ist. Welch ein einzigartiges, langandauerndes und unvergessliches Frosch-Konzert! Gefühlt das anscheinend größte und längste Symphoniekonzert der Welt! Und das gratis, ohne Eintrittskosten sogar bei uns zu Hause in unserem Garten!

Übrigens aber: ein sich für Menschenohren absolut fürchterlich anhörendes Froschgequake …

Welch eine Ruhestörung Nacht für Nacht vor allem in den frühen Sommermonaten. Ein scheinbar endlos andauerndes Frosch-Konzert und ein so für den ein oder anderen Menschen sehr lästig anmutendes Gequake!

Doch den Fröschen ist es egal, was die Menschen denken und fühlen. Die Frösche quaken einfach für ihr Leben und vor allem für ihre Liebe gern. Quak, quak, quak …

Juliane Barth, *Jahrgang 1982, lebt im Südwesten Deutschlands. Sie schreibt als Hobby seit jeher sehr gerne, u. a. Gedichte, Kurzgeschichten und Sachtexte. Veröffentlichungen in diversen Anthologien: https://sacry-decs.hpage.com.*

Wer will mich schon küssen?

Wer will mich als junge Maid schon gerne küssen,
lebe ich doch in Seen, Bächen, Tümpeln, Flüssen?
Wer mag Pfützen, Würmer, Fliegen, Käfer, Spinnen,
will sein ganzes Leben nur mit mir verbringen?

Nur will ich keinen nassen Frosch zur Ehefrau.
Ich bin zwar kein eingebildeter, eitler Pfau,
aber betrachte ich mich im Wasserspiegel,
will ich sofort fliehen hinter Schloss und Riegel.

Bin ich als Frosch nicht eine gute Partie im Land?
War im Königreich als sehr schöner Kronprinz bekannt,
es sollte mir sicherlich nicht ganz so schwer fallen,
einer grünen hüpfenden Jungfer zu gefallen.

Jedoch habe ich es ziemlich endgültig satt,
zu leben im Wasser, im Sumpf, im grünen Blatt.
In mein Bett muss ich die Prinzessin bekommen,
so wird der Zauber immer von mir genommen.

Vermaledeit sei das Hexeneinmaleins,
ich will mein vorheriges Leben, sonst keins!
Ich will diesen bitterbösen Fluch brechen,
mich an dem liebestollen Weibsbild rächen!

Dass mich zu einer hässlichen Fretsche gemacht,
und hat noch darüber lauthals, spöttisch gelacht.
Nur weil ich die verrückte, alte Schrapnellen,
nicht wollte wie meinen lieben Bettgesellen.

Meine Froschgestalt – wie werde ich sie nur los,
wie überrede ich diese Prinzessin bloß,
mich schnell auf immer und ewig zu erlösen,
von dem mir so zugedachten üblen Bösen?

Erpressung, väterliche Gewalt müsste reichen,
ihr Herz wird es eher erhärten, nicht erweichen.
Den Garaus wird sie mir hoffentlich gründlich machen,
sie mag sicherlich keine halbherzigen Sachen.

Gebrauchen kann ich nur ihren Zorn, ihre Wut,
es muss sie gelüsten nach meinem blauen Blut.
Begehen muss sie nur einen Beziehungsmord,
endgültig ist meine eklige Froschhaut fort.

Prinzessin, höre, lass mich in dein Bett hinein,
es ist so schön sauber, groß, rein und seidig fein!
Nimm mich auf des Königs Gesetz, Gebot, Geheiß,
bin ich auch so bettelarm, du sagenhaft reich!

Es klappt, funktioniert, trifft sie mitten ins Herz,
weh, welch ein rasanter Wurf, Knall, tödlicher Schmerz.
Ah, ich zerreiße, dehne, strecke, wandle mich,
es ist für mich doch noch nicht das jüngste Gericht.

Herab falle ich als schöner Prinz auf ihr Bett,
wusste ich es doch, es wird noch so richtig nett.
Ich weiß nicht, ist es Dankbarkeit oder Liebe,
besser jedenfalls als ständig üble Hiebe.

Natürlich nehme ich sie mit als meine Braut,
weil sie sich hat gewehrt, geweigert und getraut,
ihrem Vater so glasklar zu widersprechen,
dies ist für mich das beste Eheversprechen.

Gemeinsam mit Heinrich wird es uns wohl gelingen,
die Hexe vollkommen zum Verstummen zu bringen.
Den Verwandlungsspruch weiß ich noch immer ganz genau,
dann wird die Hexe ein Frosch, nie mehr mächtige Frau.

Wer wird sie als Maid, Jüngling, Mann, Frosch schon küssen?
Wir drei werden sie sicherlich nicht vermissen.
Wenn sie nicht endet als mein Froschschenkelgericht,
sie sicherlich auf ewig am Leben gebricht.

Aus ist diese Mähr, da läuft eine kleine Maus,
fang sie, frag sie, wie diese Geschichte geht aus.

Anja Apostel, *Diplom-Volkswirtin, M.A., Veröffentlichungen in verschiedenen Verlagen. Infos unter www.anjaapostelwixsite.com.*

Schöner falscher Frosch

Stadtteilfest, gutes Wetter, die Sonne scheint. Die beiden Freunde sitzen auf der Mauer am Rande des Brunnens, rechts die gut besuchten Tische des Flohmarktes, links von ihnen die aus Holzbohlen gebaute Tanzfläche, auf der trotz der noch frühen nachmittäglichen Stunde schon viele Leute tanzen.

Rotschopf hat den Ball mitgebracht, aber auf der nicht weit entfernten Rasenfläche vor dem Rathaus ist anders als sonst nichts los, heute scheint niemand rechte Lust auf Ballspielen zu verspüren. „Endlich wird es wieder grün", meint er und zeigt auf die alten Eichen im Hintergrund.

„Sogar auf der Tanzfläche", sagt Freund Heinrich, er nickt in Richtung der Tanzenden, von denen sich etliche jahreszeitengerecht verkleidet haben: als Tulpe, als Hummel, als gelbe Narzisse, als bunter Schmetterling, als grüner Laubfrosch. Einige tanzen sogar barfuß zu einer Musik, die zum großen Teil schon vor der Jahrtausendwende oder sogar zu Babyboomer-Zeiten populär war.

Rotschopf greift plötzlich neben sich – in die Luft, beugt sich nach vorne, blickt hinter sich – der Ball ist weg. Der treibt jetzt auf dem Wasser. „So ein Mist, nicht aufgepasst." Er kniet sich auf den Brunnenrand und versucht, den Ball zu erreichen, aber der entfernt sich langsam zur Mitte des Brunnens, von der Tanzfläche schallt *Purple Rain* von Prince. „Mit meinen langen Hosen gehe ich hier nicht rein, vielleicht kommt ja ein bisschen Wind auf", sagt er zu Heinrich.

Im Augenblick ist es ziemlich windstill, als es plötzlich im Wasser plätschert. Der grüne Tanzflächenfrosch steigt in das Wasser und watet langsam zu dem Ball. Offensichtlich hat er den Ballverlust bemerkt. Er trägt kurze Hosen oder einen Mini-Rock, von hinten tönt *Surfin' USA* von den Beach Boys, er greift den Ball, kommt zurück und überreicht ihn Rotschopf: „Hier das Weichei."

Rotschopf fährt auf: „Ich bin kein Weichei!"

Hinter der Froschmaske gluckst und gluckert es: „Der Ball ist gemeint." Der Frosch steigt aus dem Brunnen, schüttelt kurz die schlanken Beine und kehrt zurück zur Tanzfläche und zu *Bridge Over Troubled Water*.

„Der Frosch hat eine Super-Figur, sieh mal, wie bei diesem grünen Geschlängel die Bewegungen und die Körperformen ineinander übergehen."

Heinrich lacht. „Du meinst die Fröschin."

Rotschopf lacht zurück. „Wir haben es leider nicht mit Katzen zu tun, da wäre das Weibliche dominant, generisches Femininum, bei den Fröschen ist es umgekehrt."

Heinrich stöhnt. „Ich bin Biologe, was interessieren mich eure sprachlichen Verrenkungen! Die Frösche entstehen aus Kaulquappen, diese aus Laich, ihr Geschlecht ist nicht von Geburt an festgelegt, es entwickelt sich abhängig von der Umwelt – und kann sich später auch noch verändern, zum Beispiel wenn sie mit Pestiziden aus der Landwirtschaft in Berührung kommen."

Rotschopf nickt und hält das für einen schönen Gedanken. „Vielleicht können wir alle ja was von den Fröschen lernen, passt gut in die aktuellen Gender-Debatten außerhalb der Biologie. Wenn ich sie tanzen sehe, den grünen Laubfrosch, dann fühle ich mich gleich fünf Jahre jünger, und das gefällt mir. Und wenn ich sie jetzt – gerade wild und attraktiv rockend – genauer ansehe, hat sie das alles wohl bedacht. Sieh dir ihr grünes Kostüm an, neben den komischen schwarzen Rallye-Streifen an den Seiten, die gehören wohl zur Laubfrosch-Biologie, ist es eine nachdrückliche Aufforderung zum Lesen, und zwar nicht zum oberflächlichen und schnellen Scannen, sondern zum vertiefenden, einlassenden Lesen. Ich muss sie irgendwie näher kennenlernen. Sieh dir mal auf ihrem Kostüm all die Doppelpunkte, Unterstriche, Häkchen und Gender-Sternchen an – ist das nun ernst oder ironisch?"

Heinrich macht eine Armbewegung und deutet auf die Tanzfläche, Rotschopf steht auf und auf der Tanzfläche nach einigen Minuten dem Frosch gegenüber, der ihn mit einer einladenden Handbewegung begrüßt. Wie gerne würde er ihre Augen genauer sehen, aber die Maske ist starr. „Immerhin grün", denkt er, die Farbe der Hoffnung, sie bewegen sich schnell auf einer Wellenlänge.

Als die Musik langsam wird, zieht sie ihn leicht zu sich heran, durch ihr Kostüm hindurch spürt er ihren schlanken Körper, er spürt, wie sein Herz klopft, ein warmes Gefühl durchströmt ihn. In der kurzen Pause, in der die Musik gewechselt wird, tritt sie etwas zurück, sie sehen beide auf Heinrich am Brunnenrand, der winkt ihnen zu: Sein T-Shirt hat er ausgezogen und sitzt mit nacktem Oberkörper da, inzwischen ist es sehr warm geworden.

Rotschopf hofft, dass der Frosch deshalb auch bald die Maskerade fallen lässt. Der Frosch zieht ihn zärtlich zu sich heran und flüstert ihm mit liebevoller Stimme ins Ohr: „Im Märchen wärst du eigentlich ein Mädchen."

Jochen Stüsser-Simpson lebt in Hamburg, unterrichtet Philosophie und Deutsch am Christianeum, seit März 2022 auch Deutsch als Fremdsprache in einer Ukraine-Klasse. Er mag Frösche in allen Farben und hat in diesem Frühjahr geholfen, einige Krötenwanderwege in Blankenese und Altona ein bisschen sicherer zu machen.

Glück ist vielseitig

Prinzessinnen im Märchen müssen
zu ihrem Glück auch Frösche küssen.

Und jedem Dichter tut es gut,
wenn ihn die Muse küssen tut!

Hartmut Gelhaar, Jahrgang 1948, Rentner, lebt in Wernigerode. Hat bereits in mehreren Anthologien veröffentlicht. Betreibt auf YouTube den Podcast „Lyrik für die Ohren."

Paulchen
und seine Froschkönigin

Patrick-Paul sitzt an seinem Schreibtisch auf der Polizeiwache Landshut und wirbelt total verunsichert einen Kugelschreiber durch die Luft. Die Hochzeitseinladung von seinem Cousin mütterlicherseits lässt ihm keine Ruhe. Einerseits will er zur Hochzeit gehen. Immerhin ist sein Cousin der Bräutigam. Er kann ihn am schönsten Tag seines Lebens doch nicht einfach so sitzen lassen. Andererseits hat er vor Kurzem die Beziehung zu seiner Freundin Jacqueline aufgelöst, nachdem er erfahren hat, dass sie ihn seit längerer Zeit mit einem anderen Mann betrügt. Deswegen hat er keine weibliche Begleitung. Eigentlich hat er schon eine Begleitung. Sein Blick fällt auf ein Foto auf dem Tisch. Eine wunderschöne junge Frau, einer Elfe gleich, ist zu sehen. Schwer verliebt seufzt Patrick-Paul und nimmt das Foto in die Hand. Diese junge Frau soll seine Begleitung für die Hochzeit von seinem Cousin sein. Roselyn. Der junge Polizist beginnt, das Foto zu knutschen.

Vor lauter Verliebtheit bemerkt er nicht, dass sein Lieblingskollege und bester Kumpel Christoph-Stefan mit verschränkten Armen im Türrahmen steht und ihn breit grinsend beobachtet. Patrick-Paul stellt den kleinen Fotorahmen vorsichtig auf den Tisch zurück.

„Ich werde Roselyn fragen, ob sie mich zur Hochzeit von meinem Cousin begleiten will", beschließt er felsenfest.

„Yeah, das wollte ich hören!", jubelt Christoph-Stefan und stößt eine Faust in die Luft. Auf diese Weise erschreckt er den Verliebten und macht ihn auf seine Anwesenheit aufmerksam.

„Wie lange stehst du im Türrahmen und beobachtest mich?", will Patrick-Paul wissen.

„Seit Kurzem", erwidert Christoph-Stefan knapp. Er geht rüber zu seinem Kumpel, setzt sich auf die Tischplatte und schaut seinen Kumpel ernst an.

„Ich habe sehr großes Verständnis dafür, dass deine gescheiterte Beziehung mit Jacqueline dich zweifeln lässt, ob Roselyn die Richtige für dich ist oder dich ebenfalls betrügt und sich deswegen wie Jaqueline als normale Kröte entpuppt. Wenn du Roselyn aber nicht küsst, weil du dich von dieser Angst so in die Knie zwingen lässt, findest du nicht heraus, ob sie deine Froschkönigin ist", sagt er weise.

Sein pummeliger Kollege seufzt. „Ich weiß, Chris", erwidert er. Sein Blick wandert zum Foto. „Ich will es mir auf gar keinen Fall mit Roselyn vermiesen, indem ich mich voller Angst von ihr zurückziehe. Ich bin mir ganz sicher, dass sie die Richtige für mich ist. Meine Froschkönigin", fährt er fort.

Chris tätschelt ihm lächelnd den Kopf. „Küss deine Froschkönigin und lass dich von ihr küssen, Froschkönig", sagt er.

Patrick-Paul lächelt. „Das werden wir sicher auf der Hochzeit von meinem Cousin. Ich habe ein Date mit Roselyn. Da frage ich sie, ob sie meine Hochzeitsbegleitung sein will", sagt er.

„Ich kann mir sehr gut vorstellen, wie Roselyn reagiert", sagt Christoph-Stefan und macht es vor: „Natürlich will ich deine Hochzeitbegleitung sein, mein geliebter Paulchen!" Er wirft sich Paulchen um den Hals. Beide lachen laut.

„Was ist hier los?", will Kollege Ferdinand wissen und schaut mit leicht erfreut verzogenen Lippen ins Büro rein. Die Kumpels erzählen ihm, worüber sie sich vorhin unterhalten haben. Als Christoph-Stefan seine Vorstellung von Roselyns Reaktion wiederholt, lacht auch Ferdinand laut. Das kann ein verdammter Teufelskreis werden, wenn ein Kollege nach dem anderen fragt, was hier los ist, und die beiden Kumpels ihr ernstes Gespräch immer und immer wieder wiederholen.

Am nächsten Tag erwartet Paulchen sein Röschen auf dem Parkplatz vom Hofgarten in Landshut. Die beiden haben miteinander ausgemacht, dass ein Spaziergang im Hofgarten ein gutes erstes Date wäre. Kaum haben sie sich paar Schritte in den Hofgarten hinein vom Parkplatz entfernt, kommt Paulchen sofort zur Sache. Wenn er seine Prinzessin nicht sofort fragt, platzt er noch!

„Mein Cousin heiratet übernächste Woche …", wählt Patrick-Paul als Einführung. Schnell geht er vor Roselyn auf die Knie und ergreift ihre Hand. „Willst du meine Hochzeitbegleitung sein, Püppchen?", fragt er.

Roselyn reagiert ähnlich, wie Christoph-Stefan es gestern vorgeführt hat. Sie kreischt vor Freude. „Natürlich will ich deine Hochzeitbegleitung sein, Pauli-Bärli!", erwidert sie. Paulchen kann sein Glück kaum fassen. Er gibt seiner Prinzessin den ersten Kuss. Es ist ein langer und inniger Kuss. Gerührt und lächelnd beobachten die anderen Besucher dieses junge Paar. Nach einer gefühlten Ewigkeit lösen die beiden den Kuss und schauen sich tief in die Augen.

„Einerseits habe ich große Angst, dass du doch nicht meine Froschkönigin bist und dich wie Jacqueline als normale Kröte entpuppst. Andererseits will ich es mit dir versuchen und dich auf gar keinen Fall verlieren, Röschen", gesteht Paul.

Sanft streichelt Roselyn ihm lächelnd die Wange. „Ich habe sehr großes Verständnis dafür, dass du wegen Jacquelines Vertrauensbruch große Angst davor hast, dass auch ich dich betrüge. Ich bin mir ganz sicher, dass du mein Froschkönig bist, Paulchen. Niemals werde ich dich mit einem anderen Mann betrügen. Warum soll ich mir einen anderen Mann suchen, wenn ich nur mit dir mein restliches Leben lang glücklich zusammen sein will?", erwidert sie.

Paulchen kommen die Tränen in die Augen.

„Schauen wir einfach, ob ich deine Froschkönigin bin. Wenn nicht, bist du hinterher froh und glücklich, herausgefunden zu haben, dass ich doch nicht die Richtige für dich bin, statt jetzt deiner Angst nachzugeben und dich von mir zu distanzieren und hinterher total verbittert und total wütend auf dich selber zu sein, dass du lieber deiner Angst nachgegeben hast und dich deswegen nicht mit mir eingelassen hast", fährt sie fort.

Patrick-Paul nickt zustimmend. Die Tränen lässt er sein Gesicht herunterlaufen.

„Ja. Gehen wir eine feste Liebesbeziehung miteinander ein, ganz egal, welche Zukunftspläne das Schicksal für uns beide bereit hält", stimmt er zu. Er hebt seine Froschkönigin hoch, wirbelt sie durch die Luft und summt dabei den Blumenwalzer aus Tschaikowskys Nussknacker. „Mein Cousin hat angedeutet, dass dieses Stück auf seiner Hochzeitsfeier gespielt wird. Was hältst du davon, wenn wir zu diesem Stück in der Loggia von der Burg Trausnitz üben? Dort gibt es viel Platz", schlägt er vor.

Sie lächelt ihn breit an. „Das wäre sehr schön, mein Pauli-Bärchen", stimmt sie zu. Schnell vergeht ihre Freude. „Von Montag bis Samstag kann man die Burg Trausnitz nur in einer Führung besichtigen", gibt sie zu bedenken.

„Ach, Mist. Du hast vollkommen recht. Dann üben wir halt bei der Aussichtsplattform in der Nähe der Burg, wo es auch genügend Platz gibt. Oder …", sagt er, lässt sein Mädchen runter und nimmt mit ihr eine Tanzposition ein. „Wir üben schon mal hier." Er summt den Blumenwalzer und tanzt mit seinem Röschen den Weg entlang. Roselyn lacht.

„Hach, die beiden sehen so glücklich miteinander aus. Ich bin mir sicher, dass sie füreinander bestimmt sind und bis ins hohe Alter zusammen bleiben", seufzt eine ältere Dame an ihren Mann gewandt.

Der ältere Herr nickt. „Auch ich bin mir sicher, dass diese junge Dame hier die richtige Froschkönigin für unseren sitzen gelassenen Nachbarn Patrick-Paul ist. Er sieht zwar nicht wie ein Prinz aus, ist aber ein Prinz im Inneren. Es kommt ganz auf die Frau an, wie sie sieht", erwidert er und streift seinen Schnurrbart zurecht.

Anscheinend sind diese älteren Herrschaften Nachbarn von Patrick-Paul. Schauen wir mal, wie es mit Paulchen und seiner Froschkönigin weitergeht …

Catamilla (eigentlich Natalie Camilla Katharina) Bunk wurde 1989 in Niederbayern geboren, wo sie heute noch wohnt. Wegen jahrelangen Mobbings in der Schule beschloss sie 2012, ihren dritten Vornamen Katharina anzunehmen, und wird weiterhin von Familie und Freunden Katharina genannt. Catamilla ist eine Mischung aus den drei Vornamen. Von Kindheit an hat sie eine blühende Fantasie. Das Interesse am Schreiben von Geschichten entwickelte die Autistin (die Diagnose Autismus erfuhr sie mit 21 Jahren) langsam ab der Hauptschule. Seitdem hinderte sie sich jahrelang daran, die Geschichten aus sich rauszulassen und aufzuschreiben, weswegen sie heute mehr Ideen, angefangene Geschichten und Textauszüge hat als aufgeschriebene Geschichten und noch keine Geschichte veröffentlicht hat. Bei Schreibwettbewerben hinderte sie sich beim Mitmachen. 2015 begann sie mit dem Konzept für ihre Biografie, ließ es aber schnell fallen. 2015 und 2016 schrieb sie einige Gedichte ohne Reime, hat dies aber gleich fallen lassen und diese einigen Gedichte noch nicht veröffentlicht. 2023 fasste sie den Mut und machte bei einigen Schreibwettbewerben mit. Ihre Geschichten spielen in einer komplexen Fantasywelt, die sie langsam genauer ausbauen will.

Selbstbildnis mit Strohhut

Fasziniert von der Frau
die schön sein will
und bleiben
wie sie ist
schneide ich den Oleander
damit er für sie blüht
in der Sonne
die ich meide

Die Blätter der Seerosen
im schattigen Teich
vermehren sich
neben den Knospen

Manchmal wärmt sich ein Frosch
auf grünem Floß
und verschwindet
stets zur Flucht bereit
sobald ich meinen Schatten knipse

Helmut Blepp, *1959 in Mannheim geboren, Studium Germanistik und Politische Wissenschaften, selbständig als Trainer und Berater für arbeitsrechtliche Fragen; lebt mit seiner Frau in Lampertheim an der hessischen Bergstraße; Veröffentlichungen: vier Gedichtbände; zahlreiche Veröffentlichungen in Zeitschriften und Anthologien.*

Der Froschkönig
des Märchenlandes

Das Märchenland könnte ein Ort des Friedens sein, wären da nicht die böse Hexe und ihr Sohn Allessandro. Was sie wohl heute Böses im Schilde führen?

Eine dicke Schneeschicht überzog das Märchenland. Lichterketten tauchten alles in ein warmes, gelbliches Licht. Auf den Stufen des Palastes des Märchenkönigs spielte eine Kapelle Weihnachtslieder. Viele Märchenfiguren waren vor dem Palast versammelt und hörten begeistert zu. Nur einige wenige blieben von dieser Feierlichkeit ausgeschlossen. Dazu zählten die böse Hexe und ihr fieser Sohn Allessandro. Keiner mochte sie. Keiner wollte sie dabei haben. Umso zorniger war die böse Hexe mit der Zeit geworden und leider fielen ihr gerade in der Advents- und Weihnachtszeit die meisten Streiche ein. Sie war sich bereits im Klaren darüber, dass sie dieses Mal Prinz Heinrich einen Streich spielen würde.

Nach der Zusammenstellung einer Zaubermixtur, die die böse Hexe in eine trübe Flasche umfüllte, betrachtete sie ihr Werk mit zufriedenstellender Genugtuung. Wer sollte schon beim Anblick einer Flasche, die beim Wenden im Licht in allen Farben des Regenbogens schillerte, etwas Böses vermuten? Nun brauchte sie nur noch jemanden, der die Mixtur zum Schloss der Zielperson brachte. Sie selber konnte ja schlecht unterwegs sein. Da würde jede Märchenfigur, die ihr über den Weg laufen würde, Verdacht hegen. Sie brauchte also jemand anderes, der für sie den Postboten spielen würde. Dafür kam kein anderer infrage als ihr Sohn Allessandro.

Dieser befand sich in seinem Zimmer. Allessandros Zimmer wiederum befand sich zu ihrem Übel auch noch weit oben. Das bedeutete: Treppen steigen. Wenn sie eines verfluchte, war es Treppensteigen! Als die böse Hexe vor Allessandros Zimmertür stand, war sie völlig außer Atem. Doch sollte man meinen, dass sie keine Kraft mehr hatte, um eine Tür aufzumachen, so irrte man sich in der bösen Hexe.

Sie brauchte dazu nicht einmal Kraft. Ein einzelner Zauberspruch reichte aus und mit einem Zischen sprang die Tür auf.

„Oh, Mutter", grüßte Allessandro etwas perplex. „Schön ...", stammelte er, um die richtigen Worte zu formulieren, „dass du vor dem Betreten meines Zimmers anklopfst."

„WAS FÄLLT DIR EIGENTLICH EIN?", donnerte es ihm in diesem Moment entgegen. Ein Blitz sauste in seine Richtung. Wäre Allessandro nicht flink genug ausgewichen, hätte ihn der Blitz getroffen. So sauste er in den Boden. Die böse Hexe funkelte Allessandro grimmig an. Ihr düsterer Blick reichte aus, um ihn in seine Schranken zu weisen.

„Ent...sch...schuldige, Mutter", stammelte Allessandro nun mehr kleinlaut als vorlaut. „Du darfst natürlich jederzeit hereinplatzen, so wie du es schon immer getan hast."

„Das klingt doch schon viel besser", grinste die böse Hexe kess.

„Was möchtest du? Du kommst doch bestimmt nicht grundlos, so wie ich dich kenne?"

„Ich habe eben eine Zaubermixtur zusammengebraut", begann die böse Hexe in freudiger Plauderstimmung, von ihrem Plan zu berichten „Du schwingst dich auf dein Pferd, reitest in das Land der Immergrünen Wälder und siehst zu, dass du die Flasche als Paket verpackt zum Schloss von Prinz Heinrich bringst. Wie auch immer du es anstellst, dass er die Flasche erhält, ist deine Sache. Aber sie darf niemand anderes bekommen, als Prinz Heinrich. IST DAS KLAR? Es ist übrigens auch egal, wenn man hinterher auf uns schließen sollte. Schließlich hat der Osterhase ja auch schon einmal eine Mixtur im Namen der guten Fee von uns bekommen. Wie gesagt, ist es egal, wenn man hinterher auf uns kommt. Hauptsache, Prinz Heinrich kriegt die Flasche und die Flasche kommt irgendwie überhaupt zu ihm! Vermassle es nicht!"

„Ja", erwiderte Allessandro noch kleinlauter. Wenn er bestimmt eines nicht machen würde, dann seiner Mutter widersprechen, wenn sie eh bereits durch ihn schlecht gelaunt war. Eine Blitzattacke reichte ihm!

„Dann wäre ja alles geklärt. Sei pünktlich zum Abendessen zurück! Sonst gehst du ohne Abendessen ins Bett!"

WROMS! Die Tür fiel laut krachend in den Rahmen zurück.

„Wenn ich eines hasse", fluchte Allessandro zu sich selber, „dann ist es die Situation, Laufbursche meiner Mutter sein zu dürfen. Und nun darf ich mir auch noch etwas überlegen, sodass mich keiner unterwegs erkennt. Es ist ja nicht so, als wenn sie die Drecksarbeit alleine erledigen würde. Nein! Dafür hat sie mich."

Genau in diesem Moment öffneten sich ein Schlitz und zwei Augen auf der Türklinke. Der Schlitz formte sich zu einem Mund und gehörte zu Goldknauf. Goldknauf war der klügste sprechende, magische Gegenstand, der im Schloss der bösen Hexe lebte. Ihm entging nur manchmal etwas und er wusste beinahe alles!

„Goldknauf!", rief Allessandro begeistert. „Du kommst gerade zur richtigen Zeit. Meine Mutter will ..."

„Ich habe alles mitbekommen", stöhnte Goldknauf gelangweilt. „Du sollst zu Prinz Heinrich und weißt nicht, wie du das anstellen kannst, ohne gegebenenfalls unterwegs erkannt zu werden, richtig?"

„Ja. Und ... hast du eine Idee? Dafür poliere ich dich dann auch mal wieder. Höchste Zeit, dass du wieder auf Hochglanz gebracht wirst."

„Meinetwegen", stimmte Goldknauf dem Angebot zu „Ich kann in der Tat mal wieder eine Goldpolitur gebrauchen. Also. Hör gut zu und führe den Plan so aus, wie ich ihn dir erkläre."

Zwanzig Minuten später sattelte Allessandro seinen Hengst Sturmwind und hob sich auf seinen Rücken.

„Was ist eigentlich mit dir passiert?", erkundigte sich Sturmwind. „Wenn ich dich nicht an deinen Geruch erkannt hätte, hätte ich dich bei deiner Ankunft in meiner Box mit einem Tritt hinausbefördert. Ich dachte zuerst, ein Einbrecher will mich klauen. Du siehst ganz und gar anders aus, wenn ich das mal bemerken darf. Wie eine vollkommen andere Person."

Allessandro lächelte. Er hatte mithilfe eines Zaubers sein Aussehen und sein Alter verändert, und wenn er seinen Hengst Sturmwind damit täuschen konnte, würden ihn andere Märchenfiguren unterwegs auch nicht erkennen. Ganz zu schweigen von Prinz Heinrich.

„Ich statte Prinz Heinrich einen Besuch ab und übergebe ihm im Namen der guten Fee ein Päckchen."

„Hm", überlegte Sturmwind. „Habt ihr dem Osterhasen nicht auch schon einmal einen Streich im Namen der guten Fee gespielt? Ist das nicht nach hinten losgegangen? Dann wollt ihr erneut in ihrem Namen eine Tinktur verschenken? Die gute Fee wird direkt auf euch kommen.“

„Es ist Mutter wohl egal, ob man hinterher herausbekommt, dass wir Prinz Heinrich einen Streich gespielt haben. Hauptsache, er bekommt die Tinktur. Trag mich zu den Immergrünen Wäldern und dann zum Schloss von Prinz Heinrich. Er ist alleine, so wie mir Goldknauf heute verraten hat. Seine Eltern sind bei der Weihnachtsparade des Märchenkönigs. Einen besseren Zeitpunkt für die Umsetzung des Planes meiner Mutter wird es nicht mehr geben.“

„Meinetwegen. Machen wir uns auf den Weg!“

Mit schnellem Tempo galoppierte Sturmwind durch die Landschaft des Märchenlandes. Sturmwind und Allessandro überquerten irgendwann eine Regenbogenbrücke, folgten eine ziemlich lange Zeit lang einem Regenbogenfluss und bogen schließlich in einen Weg ein, der durch die Immergrünen Wälder zog. Unerwartet stoppte Sturmwind plötzlich vor einem Torbogen aus Stein. Verwirrt sah sich Allessandro um sich. „Sind wir schon da?“

„Ja“, erwiderte Sturmwind. „Du gehst durch das Tor und wanderst ungefähr fünf Minuten über die Steinbrücke. Danach kommst du zum Schloss von Prinz Heinrich.“

„Wie gut, dass du dich so gut auskennst und weit im Märchenland herumgekommen bist, bevor du zu uns kamst.“

„Schön, dass du das so siehst. Ich warte hier auf dich“, schnaubte Sturmwind. „Ich vertreibe mir die Zeit mit dem Futtern von dem leckeren Immergras. Das ist das beste und sättigendste Gras im ganzen Land“, fügte Sturmwind erfreut hinzu.

„Lass es dir ruhig gut gehen, mein Freund. Bis später“, lächelte Allessandro und durchquerte das Tor, während Sturmwind selig zu kauen begann.

Als Allessandro zurückkam, erwartete ihn sein Hengst Sturmwind bereits. „Das ging ja schnell“, wieherte Sturmwind. „Demnach ist wohl alles gut verlaufen?“

„Und wie“, grinste Allessandro zufrieden. „Die Wache hat die Lüge von einem Geschenk der guten Fee abgekauft und mich sogar zum Thronsaal begleitet. Heinrich hat das Geschenk, ohne zu hinterfragen, entgegengenommen. Der wird noch sein blaues Wunder erleben, wenn er die Tinktur trinkt. Aber genug davon. Auftrag ausgeführt. Bringst du mich nun wieder nach Hause?“

„Aber klaro", wieherte Sturmwind „Es ist zwar schön, dass es hier zu allen Jahreszeiten immergrün ist, aber es ist auch nirgends schöner als daheim in meinem Stall."

„Also auf nach Hause!"

Tage später saßen die Märchenkönigin und der Märchenkönig mit besorgter Miene auf ihrem Thron und lauschten den Worten von Prinz Heinrich.

„So war es. Ich erhielt ein Päckchen mit der Nachricht, dass es ein Geschenk der guten Fee sei. Quak, hab mich über das zugestellte Getränk gefreut. Quak, mir nichts dabei gedacht. Quak, es getrunken. Quak und nun sehe ich so aus. QUAK O QUAK!"

Die gute Hexe, die ebenfalls im Thronsaal anwesend war, strich sich nachdenklich über das Kinn. „Wir haben leider schon die Erfahrung gemacht, dass dem Osterhasen ein Trank in meinem Namen zugestellt wurde. Er wurde davon krank. Ich weiß auch, wer es war und dieses Mal mit größter Wahrscheinlichkeit wieder gewesen

sein wird. Aber das Wissen um die Täter wird dir nicht helfen. Ich habe bereits einen Zauber zur Analyse des Zaubers, der über dir liegt, gesprochen. Ich wollte herausfinden, ob man den Zauber brechen kann. Es tut mir leid, dir sagen zu müssen, dass dieser Zauber nicht zu brechen ist. Du wirst dein ganzes Leben lang ein Frosch bleiben müssen."

Ein langes, trauriges QUAAAAK folgte. Mit seinen kleinen, grünen Beinen hüpfte Prinz Heinrich aus dem Thronsaal. Bei jedem Hüpfer folgte ein Quak. Es zerbrach allen Anwesenden fast das Herz, den Prinzen in der Gestalt eines Forsches zu sehen. Doch was sollte man in so einer Situation auch anderes machen? Sich aus Verzweiflung umbringen? Nein. So ein Frosch war Prinz Heinrich nicht. Er war Mann – oder genauer genommen Frosch – genug, das neue Äußere zu akzeptieren, ließ über das Königspaar verkünden, dass er nach seiner Krönung Froschkönig genannt werden wolle, und lebte weiter. Rache an dem Täter übte er nie aus, denn eines war Heinrich klar. Es würde nichts an seiner Situation ändern.

Die gute Fee wiederum blieb nicht ganz tatenlos und verschickte an alle Bewohner des Märchenlandes die warnende Mitteilung, dass in ihrem Namen Fakegeschenke verteilt würden und man sie direkt kontaktieren solle, sollte so etwas noch einmal passieren. Ob dies jedoch helfen würde, zu verhindern, dass noch weitere Märchenlandbewohner auf Streiche hereinfallen würde, konnte niemand so genau sagen. Fast wie bei Betrugsmaschen im wahren Leben.

Vanessa Boecking: *Autorin verschiedener Genres. „Damian, der Zauberer" Fantasy/Märchen. „Osiris, die Supermumie" Fantasy/Manga.*

Wasserpatscher-Zauberei –
Der Froschkönig

Es lebten einst vor langer Zeit
in einem wunderschönen Schloss
ein König mit drei fesche Maid,
am schönsten jedoch war sein Spross.

Selbst die Sonne schien erstaunt,
was für ein zauberhaftes Kind.
Das Mädel immer gut gelaunt,
tanzte gern im Wind.

Direkt am Brunnen war ihr Platz,
ihr Lieblingsplatz am Hofe.
Die goldne Kugel stets ihr Schatz,
doch dann die Katastrophe.

Beim letzten Wurf – oh nein, oh Schreck,
die Königstochter gab nicht acht.
Da war auch schon die Kugel weg,
im tiefen Brunnenschacht.

Ihr Schicksal meinte es nicht gut,
sie fing drauf an zu klagen:
„Ich explodiere gleich vor Wut!
Will meine Kugel wiederhaben!"

Plötzlich – horch – ein leises Stimmchen:
„Was schreist du so, du arme Maid?"
Vor ihr zwischen Gänseblümchen
saß ein Frosch und tat ihr leid.

„Ach du bist's, alter Wasserpatscher!
Meine Kugel ist nun fort!
Ich hörte noch 'nen lauten Klatscher!
Jetzt schwimmt's da unten – dort!"

„Hör auf zu weinen, Königskind!
Ich spring für dich hinab.
Wenn ich deine Kugel find …
was gibst du mir dann statt…?"

Doch der Frosch kam nicht zu Wort.
„Meine Kleider, Perlen, Krone und den Glitzer-Edelstein!
Alles geb ich gerne fort,
alles soll nun werden dein!"

„Ach, das Zeug kannst du behalten.
Was soll ich mit dem ganzen Kram?
Ich will in deinem Schlosse walten,
tief kuscheln stets in deinem Arm!"

„Alles, was du willst, du Lurch",
sagte Königskind verschmitzt.
„Du bist eh gleich untendurch,
wenn ich die Kugel dir stibitz."

Und so kam es, wie es musste,
mit der Kugel in der Hand.
Gut, dass Frosch die Heimat wusste,
Prinzessin nämlich fortgerannt.

Am nächsten Tag klopft's an der Tür.
„Königstochter, mach mir auf!"
Quakend hockte Frosch vor ihr.
Da war sie nicht mehr super drauf.

Der König sprach: „Was du versprochen,
das musst du halten, wertes Kind.
Du wirst den Frosch nun treu bekochen,
weil wir jetzt alle Freunde sind!"

Indes klopft's ein zweites Mal.
„Königstochter – lass mich rein!"
Oh, was für ein Jammertal,
sprang Frosch so gleich hinein.

Sie teilte nun ihr ganzes Essen
und legte ihn ins goldne Bett.
Würd sie die Kröte nicht besessen,
eklig, schleimig, scheußlich, fett.

Angewidert von dem Fratzen
trug sie Fröschchen in die Ecke.
Sie war dem Ganzen nicht gewachsen,
schwups kam er erneut unter die Decke.

Da wurd' das Mädchen bitterbös
und warf ihn an die Wand.
Auf einmal stand nun ganz nervös –
ein Prinz – hielt an um ihre Hand.

Der König war nun überglücklich,
der Hochzeit jetzt nichts mehr im Wege.
Seine Freude kam ausdrücklich,
als ob es keinen Morgen gäbe.

Der Prinz erzählte großes Leid,
wie er verhext als Frosch am Brunnen.
Er hielt nun fest an seinem Weib,
Hexenzauber soll verstummen.

Und so fuhr das Prinzenpaar
hinaus mit goldnem Wagen.
Eine frohe Menschenschar
noch Lebewohl ihn sagen ...

Renate Irina Eidenhardt-Ach, *Kinder- und Jugendbuchautorin.*

Kröten im All

Beginnen wir mit der Vorstellung unserer Hauptdarsteller. Das ist die Krötenfamilie Zimtbaum. Sie besteht aus fünf Mitgliedern: Vater Kroki, Mutter Kora, und ihren drei quirligen Kindern Kiko, Kira und Klecks.

Papa Kroki ist ein großer und kräftiger Kröterich mit glänzender grüner Haut. Seine tiefe Stimme und sein ruhiges Gemüt machen ihn zum Anführer der Familie. Er ist klug und fürsorglich und kümmert sich liebevoll um seine Familie.

Mama Kora ist eine elegante Krötenfrau mit schillernden goldenen Augen. Sie ist sanftmütig und geduldig und hat immer ein offenes Ohr für die Sorgen ihrer Kinder. Mit ihrer warmen Stimme und ihrer liebevollen Art schafft sie eine harmonische Atmosphäre im Familienleben.

Kiko ist der älteste Sohn der Krötenfamilie. Er ist ein abenteuerlustiger kleiner Kerl. Mit seiner lebhaften grünen Haut und seinen neugierigen Augen ist er stets auf der Suche nach neuen Entdeckungen und Herausforderungen. Seine Energie und sein Enthusiasmus bringen oft Schwung in die Familie.

Kira ist die mittlere Tochter. Sie ist das sensible Herz der Familie. Mit ihrem zarten grünen Körper und ihren großen bernsteinfarbenen Augen strahlt sie eine anmutige Schönheit aus. Sie ist einfühlsam und hilfsbereit und hat ein besonderes Gespür für die Bedürfnisse ihrer Familie.

Komplett ist die Familie mit Klecks, dem jüngsten Mitglied der Familie Zimtbaum. Er ist ein verspielter Wirbelwind. Mit seinem frechen Lachen und seinem bunten Fleckenmuster ist er immer für einen Spaß zu haben. Er liebt es, herumzutollen und neue Freunde zu finden. Seine fröhliche Natur bringt oft ein Lächeln auf die Gesichter seiner Familie.

Unsere fünf Amphibien machen einen Spaziergang durch den Wald. Sie entdecken dabei einen geheimnisvollen Teich, von dem sie noch nie zuvor gehört haben. Die Krötenfamilie Zimtbaum hüpft nacheinander in das klare Wasser des Teiches. Plötzlich fühlen sie ein seltsames Kribbeln. Sie spüren, wie sich das Wasser um sie herum zu wirbeln beginnt. Mit einem plötzlichen Ruck finden sie sich nicht mehr im vertrauten Wald wieder, sondern schweben im Weltraum.

Überwältigt von den funkelnden Sternen und den fremden Planeten um sie herum staunen die Kröten über das unerwartete Abenteuer, das sie erwartet. Während die Krötenfamilie im Weltraum umherschwebt, sehen die fünf plötzlich ein glänzendes Raumschiff, das langsam auf sie zukommt. Verblüfft beobachten sie, wie die Tür des Sternenkreuzers sich öffnet und freundliche Außerirdische herauskommen. Die Außerirdischen haben glitzernde Augen und weiche, pastellfarbene Haut. Sie grüßen die Krötenfamilie mit einer freundlichen Geste und laden sie ein, an Bord ihres Raumschiffs zu kommen.

„Hallo, ihr seid wohl nicht von hier, oder?", fragt einer der Außerirdischen mit einem sanften Lächeln. „Wir haben eure Signale empfangen und wollten sehen, wer sich in unserem Universum herumtreibt. Möchtet ihr mit uns auf ein Abenteuer kommen?"

Die Mitglieder der Krötenfamilie schauen sich gegenseitig an, ihre Augen leuchten vor Aufregung. „Was meint ihr, sollen wir mit ihnen gehen?", fragt Kora, während sie liebevoll ihre Kinder ansieht.

„Oh ja, das wäre so aufregend!", ruft Kiko begeistert aus. „Lasst uns gehen und das Abenteuer erleben!"

Voller Vorfreude folgt die Krötenfamilie den Außerirdischen an Bord ihres Raumschiffs. Sie nehmen in einem gemütlichen Raum Platz, während der Sternenkreuzer durch die Tiefen des Weltraums gleitet.

„Wohin werden wir gehen?", fragt Kira, ihre Augen leuchten vor Neugierde.

„Wir werden zu einem faszinierenden Planeten reisen, den nur wenige kennen", erklärt einer der Außerirdischen mit einem geheimnisvollen Lächeln. „Dort werdet ihr unglaubliche Dinge sehen und erleben."

Die Krötenfamilie unterhält sich aufgeregt über das bevorstehende Abenteuer. „Ich kann es kaum erwarten, all die fremden Welten zu entdecken!", ruft Klecks begeistert aus.

„Ja, das wird bestimmt ein unvergessliches Abenteuer", stimmt Kroki zu, stolz auf seine abenteuerlustige Familie.

Das Raumschiff der freundlichen Außerirdischen gleitet sanft durch den Orbit. Die Krötenfamilie staunt über die faszinierenden Anblicke der fremden Planeten. Sie sehen funkelnde Sterne, schwarze Löcher und verglühende Sonnen. Staunend blicken sie in die unendliche Weite, bis der Sternenkreuzer schließlich auf einem lebendigen, bunten Planeten landet.

Die Krötenfamilie tritt aus dem Raumschiff und betritt eine Welt voller Farben und Leben. Hier, auf dem Planeten Aurora, erleben die Mitglieder der Krötenfamilie ein atemberaubendes Spektakel, als sie die Nordlichter zum ersten Mal erblicken. Die Luft ist klar und frisch, als sie sich unter dem funkelnden Himmel versammeln, um das Schauspiel zu beobachten. Die Nordlichter erscheinen zunächst als schwache Streifen am Horizont, die langsam an Intensität gewinnen. Dann explodieren sie plötzlich in einem kaleidoskopischen Feuerwerk aus Farben und Formen. Grüne, violette und blaue Lichter tanzen über den Nachthimmel und werfen ein magisches Leuchten auf die Landschaft darunter. Die Krötenfamilie steht fasziniert da, die Augen weit geöffnet vor Staunen. Die Nordlichter tanzen wie schillernde Schleier im Wind. Die ganze Welt scheint in einem märchenhaften Glanz zu erstrahlen. Selbst die Bewohner von Aurora, kleine glitzernde Wesen, tanzen im Licht der Nordlichter und füllen die Nacht mit ihrer anmutigen Schönheit. Die Krötenfamilie kann sich nicht sattsehen an diesem außergewöhnlichen Schauspiel. Unsere fünf Amphibien genießen das unvergessliche Erlebnis.

Als die Nordlichter langsam verblassen und der Himmel wieder in Dunkelheit gehüllt wird, bleiben die Erinnerungen an diesen magischen Moment für immer in ihren Herzen. Nachdem die Krötenfamilie diese unglaubliche Erfahrung gemacht hat, ist es Zeit für sie, nach Hause zu reisen. Die freundlichen Außerirdischen begleiten sie zurück zu ihrem Raumschiff, wo sie sich liebevoll von ihren neuen Freunden verabschieden. Die Krötenfamilie steht vor dem glänzenden Sternenkreuzer, umgeben von den warmen Strahlen der aufgehenden Sonne.

„Vielen Dank für alles, was ihr für uns getan habt", sagt Kroki mit einem dankbaren Lächeln. „Wir werden diese Abenteuer nie vergessen."

Die Außerirdischen lächeln zurück und drücken jedes einzelne Familienmitglied liebevoll. „Es war uns eine Freude, euch kennenzulernen und euch auf eurem Weg zu begleiten", sagt einer der Außerirdischen. „Ihr werdet immer in unseren Herzen bleiben."

Mit einem letzten Blick auf die farbenfrohe Landschaft des Planeten und den glitzernden Sternenhimmel darüber steigen die Kröten in das Raumschiff ein. Die Tür schließt sich sanft hinter ihnen. Der Sternenkreuzer hebt langsam ab. Er gleitet zurück durch die unendlichen Weiten des Weltraums. Während sie sich dem magischen Teich nähern, durch den sie in den Weltraum gereist sind, halten die Kröten inne, um sich noch einmal umzudrehen und einen letzten Blick auf die faszinierenden Welten zu werfen, die sie besucht haben. Dann springen sie durch den Teich und finden sich wieder im vertrauten Wald ihrer Heimat. Die Mitglieder der Krötenfamilie lächeln sich an, glücklich und dankbar für die Abenteuer, die sie gemeinsam erlebt haben. Mit einem Gefühl der Erfüllung kehren sie in ihr Zuhause zurück.

__Simone Lamolla__ erblickte 1979 im Bundesland Schleswig-Holstein das Licht der Welt. Sie ließ sich zur Bürokauffrau ausbilden und ist nun seit über 23 Jahren in einer mittelständischen Firma in Norddeutschland als Abteilungsleiterin tätig. In ihrer Freizeit hält sie sich gerne im Kleingarten oder bei langen Spaziergängen an der Ostsee auf. Einige ihrer Kurzgeschichten wurden bereits in Anthologien bei verschiedenen Verlagen veröffentlicht. Man findet sie auf Instagram unter: https://instagram.com/la_mone_hansedeern.

Der Plutoniumfrosch

Goldfisch und Silberfuchs streiten sich,
wer von ihnen der wertvollere sei.
Da hüpft herbei der Plutoniumfrosch
und lacht die beiden lauthals aus.

„Ich bin mehr wert als ihr zusammen",
quakt der Frosch ganz selbstverliebt.
„Mag sein", sagt drauf der Silberfuchs,
„aber du hast ein gewaltiges Problem!"

„Lass hören", sagt der Plutoniumfrosch.
„Dich gibts, du Depp, nur am Papier!"
Da weint der Frosch papierene Tränen
und verschwindet zwischen den Zeilen.

__Bernd Watzka__, lebt und arbeitet in Wien als Lyriker, Dramatiker und Kulturjournalist. Studium Germanistik, aktuelle Termine von Lyrik-Lesungen: facebook.com/bernd.watzka.

Frosch überlebt sie alle!

Ich weiß noch, als meine Mutter ein Aquarium mit Fischen und einem Frosch hatte. Als sie mit meiner Schwester und ihrem neuen Mann in den Urlaub flog, ereignete sich paar Tage später das blanke Entsetzen. Eines Tages kam ich nach Hause und es roch extrem verwehst. Ich wusste erst mal nicht, was es war.

Als ich an das Aquarium kam, war auch ich wirklich geschockt! Alle Fische schwammen unterhalb des Wassers in Rückenlage. Alle Fische waren tot. Ich, sichtlich geschickt, trug das Aquarium in die Badewanne. Vorher nahm ich etwas Wasser in einer Schüssel ab, weil ein Aquarium recht schwer ist. In der Badewanne kippte ich das Wasser aus, machte vorher den Stöpsel natürlich rein. Es roch wirklich fürchterlich. Mit einem Sieb musste ich die Fische nach und nach ausfiltern. Und auf einmal sprang mir der Frosch entgegen. Ich hatte nicht damit gerechnet, dass er überlebt hatte. Doch er lebte noch viele Jahre danach.

Die Fische waren anscheinend gestorben, weil der Filter ausgefallen war. Wusste nicht, dass ein Frosch so robust sein kann.

Sybille Klubkowski *schreibt gerne.*

Das Buch der vergessenen Geschichten

Zugegeben, das Cover wirkt ein wenig drastisch, denn wohl kaum jemand hat seine vor langer Zeit geschriebenen Geschichten auf einem mit Spinnweben überzogenen Dachboden gelagert. Oder doch? Aber sicherlich hat jeder von uns, der literarisch tätig ist, in seiner Schreibtischschublade – oder seit einigen Jahren natürlich auch in den tiefsten Sphären seines Computers – all jene Geschichten gehortet, die er immer einem veröffentlichen wollte. Und dann doch nie dazu gekommen ist. Für all diese vergessenen literarischen Schriften öffnen wir künftig unser Geschichtenbuch „Das Buch der vergessenen Geschichten", eine neue Buchreihe. Senden Sie uns zu diesem Projekt Ihre Geschichten und Gedichte zu, die Sie schon immer einmal veröffentlichen wollten und die in Ihren Schubladen schlummern. Wir geben für das Projekt bewusst kein Thema vor, sondern lassen uns von der Vielfalt der uns übersandten Texte überraschen.

Einsendeschluss ist der 15. September 2024

Hat euch das Buch gefallen? Dann würden wir uns über eine Rezension bei Amazon freuen:

Du kannst auch direkt über diesen Link gehen: https://amazon.de/ryp